そして父になる

是枝裕和
佐野 晶

宝島社文庫

宝島社

そして父になる

1

おもちゃの人形は三つしかなかった。子供は四人いるのに。

野々宮《ののみや》みどりは初めて訪れたその場所で緊張に身を硬くしていた。

そこは小学校受験のための塾だった。息子の慶多《けいた》はまだ幼なかったが、難関小学校を目指すには、早くから通わせるのが〝常識〟だ、と知人から言われたのだ。

文教地区で知られるみどりの家の近隣には〝お受験塾〟が多数あり、その中から評判の良い塾を選んで体験入学に慶多を連れてきた。

「行動観察というテストのようなものが小学校受験の大きなポイントになります」

体験入学にやってきたみどりと他の三人の母親を前にプレスの効いた白いブラウスをまとった五十代の上品そうな女性が告げた。

この塾の塾長だった。

「ペーパーでの試験もありますが、それは予備的な意味しかありませんし、中にはペーパー試験を行わない学校もあります」

塾長はガラス越しに指導員にうなずいた。

すると隣のガラスで囲まれた部屋で四人の子供たちを遊ばせていた三十代のジャージ姿の指導員が立ち上がって、ガラス張りの別の区画に子供たちを誘導した。

子供たちは部屋の中央に置いてあった三つの人形に駆け寄った。だが一人の男の子が出遅れて人形を取り損なって、泣きだした。

その子の母親と思われる女性が小さく「あ」と声をあげたが、すぐに顔を赤くしてうつむいた。

「これが行動観察によくある課題です。わざと人数に足りない数のおもちゃを与えるのです。そして子供たちの行動を見ます」

泣きだした子供は、人形を見ながらさらに大声で泣いた。

「このままですと、全員どこの小学校にも合格できません……」

ちらりと部屋の中を見た塾長の顔に小さく驚きが浮かんだ。

部屋の中で動きがあった。人形で遊んでいた男の子が、泣いている子に人形を差し出したのだ。泣いていた子はその人形を乱暴に奪った。

「あら、優しい子。でも、あの子もこのままでは合格できません」

人形を差し出したのは息子の慶多だった。色白で大きな目がかわいらしい。女の子に間違われることがある。

　慶多は人形を与えた子供をしばらく見つめていたが、その子供は慶多に目を向けようともせず、人形で遊び続けている。慶多は泣くこともせず、悲しげな瞳で人形を見つめているだけだった。

　それを見て塾長は軽くうなずいて言葉を続けた。

「譲ることは素晴らしいのですよ。でもそれだけでは受かりません。求められるのは、他の子たちに呼びかけて順番に使おうと提案するリーダーシップと共感性で……」

　もう塾長の言葉はみどりには届いていなかった。慶多を抱きしめてやりたい、と痛いほどに願っていた。

　だがみどりはその場を動かず、無理をして塾長の言葉に注意を向けた。

　彼女の脳裏には夫の端整な横顔が浮かんでいた。

2

成華《せいか》学院初等部の受験日は十一月の最初の土曜日だった。

塾で行われた両親の直前の面接リハーサルに、野々宮良多《りょうた》は仕事のために参加できなかった。妻のみどりはそれが少し不安だったが、黙っていた。良多の書斎のデスクに置きっぱなしになっていた面接の想定問答集に目を通した形跡があったからだ。

良多は人目を引いた。身長は一八〇センチ。四二歳という年齢ながら体重は七〇キロ台の前半を維持している。均整の取れた身体をダークスーツに包むとモデルのようだった。さらに彼の秀麗な顔だちは女性ならずとも、見とれてしまうほどだ。

なにより彼は自信に満ち溢《あふ》れていた。第一線で大きな仕事を引っ張っているのだ、という強い自負がさらに彼を魅力的に見せている。

いったん良多に向けられた視線はすぐにその横に並んでいるみどりに向けられる。その視線にみどりはいまだにひるんでしまう。必ずや軽い侮りがあるような気がするのだ。自分でも野暮ったいのは自覚していたし、不釣り合いであることも分かっている。良多と交際期間も含めれば十年近い年月を過ごしてきた中で折り合いをつけてきたつもりだった。だが品定めするような目には、いつまでたっても慣れることができなかった。

面接を行うのは校長と教頭の二人だった。校長は女性で教頭は男性。共に五十代で穏やかな表情で良多たちを迎えた。校長も教頭も塾で教えられた人物像だった。みどりは少し緊張が緩んだ。

教頭に問われて慶多が名乗り、生年月日を告げる。

「野々宮慶多です。六歳です。誕生日は七月二十八日です」

慶多の声は最初に少し震えかけて、良多たちはひやりとしたが、すぐに大きな声でしっかりと答えた。

校長が良多に尋ねる。

「慶多くんの名前の由来を教えて下さい」

「『慶』という字は母方の祖母からもらいまして、『多』は私の良多から一字をとりました。よろこびの多い人生を送ってほしいという、二人の願いが込められています」

完璧な解答だった。みどりは良多をチラリと見た。すると良多もみどりに視線を移す。はからずも二人はしばし見つめ合ってしまった。

「慶多くんはお父様とお母様のどちらに似てらっしゃいますか?」

この質問は想定問答集にあった、とみどりは思った。

良多はいつものように一呼吸置いてから口を開いた。低すぎず、高すぎないが、良く響く声だ。

「穏やかで他人に優しい性格は妻に似ていると思います」

想定問答集には模範解答もあったのだが、良多は真似なかった。自分の言葉で語っている。だが問答集にあった〝ヒント〟の〝自分ではなく伴侶を立てることで面接官の好感度が上がる〟という言葉を参考にしている。

みどりは同意するように控えめにうなずいた。

「慶多くんの短所はなんだと感じられていますか?」

校長が尋ねた。その視線は良多に向けられている。〝お母様〟と名指しされないかぎり、基本は父親への質問ということになる。

「これも同じことになりますが、少しおっとりした性格でして、負けてもあまり悔しがらないところに、父親としては少々物足りなさを感じています」

よどみなく答える良多に教頭と校長がうなずきながら聞いている。教頭が手元のメモに視線を落とさずに何か書きつけた。

良多は身じろぎもせずにまっすぐに前を見ている。その横顔をみどりはチラリと目の端でうかがった。

短所も長所も問われた時は、〝学校の教育方針に沿って答えることが肝要〟と問答集にはあった。良多の答えは〝積極的な子供〟という学院の方針を踏まえた発言だった。

みどりは安堵《あんど》した。大きな船に乗っているような安心感を感じていた。

教頭と校長は小さく視線を交わしてからうなずいた。

それは良い兆しのように思えた。

「慶多くんの好きな季節を二つ教えてください」

校長が慶多に質問した。

「夏と冬です」

慶多は即答した。面接のリハーサルでまったく同じ質問があった。

「今年の夏はどこかに行きましたか？」

慶多は一瞬戸惑った表情を浮かべた。練習したはずの質問だった。忘れてしまったのか、とみどりが思った瞬間に慶多は口を開いた。

「……夏は、お父さんとキャンプに行って凧《たこ》あげをしました」

その答えを聞いて良多は微笑みを浮かべた。

「お父さんは凧あげが上手ですか？」

校長の質問に慶多は誇らしげに答えた。

「とても上手です」

良多は笑顔でうなずいた。


その他に家でお手伝いをするか、好きな食べ物はなにか、というリハーサルで何度も練習していた質問があったので、そのすべてに慶多はそつなく答えた。

面接の後は、子供たちだけで工作をするために体育館への移動となった。これが試験で重視される行動観察の時間だった。

工作の内容はビニール袋を思い思いの形に加工して膨らませて、そこに折り紙で装飾を付けて〝生き物〟を作るというものだった。

五十人の子供たちが五人ずつのグループに分けられて、体育館で作業を始めていた。両親が見学することは許されていない。

だがビニールの〝生き物作り〟と聞いただけでみどりは内容が予測できた。ハサミやスティック糊《のり》が人数分用意されていないはずだ。初めてお受験塾を訪れた時に慶多が体験した行動観察の課題の進化版だ。

この行動観察についてはほぼ完璧に塾で教えられている。足りないハサミや糊を貸し借りするルールを提案する。ハサミという危険物を扱う時の注意。〝刃先は決して人に向けない〟を実践し、危ないことをする子供を注意する……。

心配はないはずだった。そのために長い期間、塾に通い続けたのだ。

塾に通う子供の母親たちとみどりは、どうしても馴染《なじ》むことができなかった。具体的な言動が原因ではない。曖昧としたものだが、それは背景というようなものかもしれない、と思っていた。みどりは田舎でごく平凡な家庭に育ち、それに満足していた。だが、そこに集まる母親たち――全員とは言わないが――は違っていた。

五十人の子供の両親たちは、面接を終えて学校の広いロビーで待機していた。試験は二日間行われる。一日に試験は五十人ずつで十回。それが二日ある。合格できるのはわずかに百人ほど。つまり倍率は約十倍になる。全国でも屈指の倍率の難関校だ。

良多は窓ガラス越しに校庭を眺めていた。都心にあるのだが、校庭は広い。

「変わった?」

良多の背中にみどりが声をかけた。みどりは良多のすぐ後ろにあるソファに座っている。面接の緊張で、少し疲れていた。

「もう三十年以上前だからな」

良多が顔を少しみどりに向けて言う。この小学校に通っていた時期が彼にはあった。

自分が生まれる前のことだ、とみどりは思った。彼女は二十九歳だ。

「でも……」

良多が苦笑まじりにあごで校庭を指してから振り返った。

「グラウンドにあんな照明はなかった。儲《もう》かってんじゃないか？」

みどりは慌てて良多をたしなめた。

「ちょっと……」

みどりは周囲の視線を気にした。どこに学校の関係者がいるか分からない。

良多はシニカルな笑みを浮かべると、スマートフォンを取り出して時間を確認した。かなり無理をして時間を作っているのだ。帰れるのなら一分でも早い方がいい。

その直後にロビーに子供たちの声と足音が響いてきた。

試験から解放された子供たちが教師に引率されてきたのだ。両親の顔を見つけると子供たちは、一斉に駆けだして、親の腕に飛び込んでいく。

「お父様、お母様方、本日は以上になります。お気をつけてお帰りください」

引率の女性教師が一礼する。

「ありがとうございました」

まるで指揮者でもいるかのように百人近い両親たちが一斉に頭を下げて礼を言う。

引率の教師が去ると、同時にロビーは賑《にぎ》やかになった。

「楽しかった?」

　みどりが慶多を抱きしめて問いかける。

「うん」

　慶多は屈託のない笑顔で答える。塾通いの効果をみどりは実感していた。長い時間をかけたからこそ、大きな負担を強いることなく慶多の中にその能力は培われていた。嫌になるようなことも多かったが、やはり良かった、と思えた。

「慶多」

　良多が呼びかけた。

「パパとキャンプになんか行ったことなかったよな?」

「うん」

　これまた無邪気に慶多が返事をする。

「どうしてあんなこと言ったんだ?」

　良多の声に叱る調子はない。面白がっているようだった。

「塾の先生がそう言ってって言ってた」

　これには良多は吹き出してしまった。

「ふーん、そうか。お受験塾ってのは大したもんだな」

　良多は皮肉めいてそう言うと慶多の頭を撫《な》でながら、少し声を立てて笑った。

みどりは声をひそめて慶多に告げた。

「そうよ。大したもんよ。だって〝大好きなのはお母さんの作ったオムライスです〟もちゃんと言えたしねぇ」

みどりと慶多は共犯者のように声を抑えて笑った。

良多もつられて笑う。みどりは決して料理が下手ではない。むしろ上手だった。だが慶多はなぜか近所の肉屋の古い油で揚げた唐揚げがすごく好きで、ご褒美のリクエストには必ずこの唐揚げを望んだ。手作りオムライスは二番手だが、受験用にはこちらの方が有利と塾で言われていた。

三人で玄関に向かって歩きながら、慶多は夢中になって自分が作ったビニールの〝かわいいオバケ〟について母親に説明していた。

それを聞きながら、良多はもう仕事のことを考え始めていた。

学校のそばのコインパーキングで良多は、みどりと慶多とは別れた。家まで車で送ろうか、と申し出たが、良多の忙しさを知っているみどりは断った。バスで帰って途中で夕食の買い物をしたいから、と。

車を走らせながら、良多はコインパーキングで見かけた二組の家族のことを思い出した。同じく受験をした家族に違いない。どちらの父親も良多よりも年上に見えた。そしてどちらの父親も同じ型のドイツ車の最上級クラスに乗っていた。

良多の車は国産車だ。国産とはいえ、同じ値段なら外国車も優に買える。良多の業界では気取った外国車よりも国産車の方が受けがいいのだ。だがあの二人の父親の車よりも値段が落ちるのは間違いない。

だが、決して手が出ない値段ではない、と良多はハンドルを切りながら思った。

良多の勤め先は大手建設会社の三嵜建設だった。スーパーゼネコンと呼ばれる日本の五大建設会社の一つだ。最近、東京駅からほど近い場所に地上二十階建ての新社屋を建設したばかりで、良多の所属する建築設計本部は十九階に位置している。都市のランドマークとなる大規模な建築物を数々手がけてきた花形部署であり、良多はその実質的なトップとしてチームを引っ張っていた。

地下の駐車場に車を入れると、良多はエレベーターに乗りながら、頭をプレゼンに集中させた。漏れはないはずだが、慎重の上にも慎重であることが要求される。

音もなく静かに上昇していたエレベーターが柔らかな音で十九階に到着したことを知らせる。

広いエレベーターホールに降り立つと、オフィスのドアが開いてがっしりとした体《たい》躯《く》のスーツ姿の男が出てきた。

「おっと、見つかっちゃったか」

そう言ってニコリと笑った男は、良多の上司である部長の上山《かみやま》だった。

良多は足を止め、腰を折って丁寧に頭を下げた。

「お疲れさまです」

顔を上げると良多は相好を崩して砕けた口調になる。

「珍しいですね、土曜日に」

上山はそのいかつい顔に照れ笑いを浮かべた。

「お前が来る前に帰ろうと思ってたんだけどな」と言って背後のオフィスを振り返った。

「良くできてるじゃないか、あのCG」

それは今回のプレゼンのためのCGだった。模型も重要だが、やはりCG映像には圧倒的な情報量が盛り込める。映像も建物だけではなく、イメージや音楽、それにアニメーションを使う場合もある。その出来によってこのプレゼンの成否が決まると言っても過言ではない。

「ありがとうございます！」

そう言って良多は一礼したが、少しおどけて自慢げに胸を張ってみせた。

「業者、泣かせたんだろ？」

言いながら良多の胸を上山が小突く。

良多は大げさにむせる。

良多は妥協を許さなかった。明確なビジョンを持って、それを貫き通す。それは上山のスタイルを真似たものだ。

「三回も直させましたから」

良多の容赦ないダメだしに、ＣＧ制作会社がゴネて、少々揉《も》めたのだ。上山の手を煩わせるまでもなく解決したが、どこかで聞きつけたのだろう。

遠くで見守っていてくれる。上山にはそんな〝大きさ〟があった。

「任せるよ」と上山は力強く良多の肩を叩《たた》くと、耳元にささやいた。

そんな一言に良多はしびれたように誇らしい気持ちになる。

良多は一礼する。上山は偉大な存在だった。彼が手がけてきた数々の建築物。その製作過程における数多の伝説と武勇伝。三嵜建設の屋台骨を支えてきた人物の一人と言える。そんな彼も五十五歳。来期には取締役への就任が噂《うわさ》されている。一線を離れる、ということだ。その後継と目されているのが良多なのだった。もし、実現すれば彼は史上最年少の部長になる。

「邪魔者はさっさと退散するからさ」と上山は冗談めかしてエレベーターに歩を進め

た。

　良多は乗り込もうとする上山を追いかけた。このまま〝邪魔者〟として見送るわけにはいかない。

「あ、すぐ終わりますから、この間の店に行きませんか？」

　先日訪れた小料理屋は、出されるつまみの味がどれも抜群で、上山が絶賛したのを良多は忘れていなかった。

　上山が苦笑まじりに告げた。

「悪いな。これから女房と銀座で映画だ」と言いながら上山が到着したエレベーターに乗り込んだ。確かに首に巻いたマフラーは洒落《しゃれ》ていて〝銀座でのデート〟を感じさせた。

「優秀な部下を持つと、上司は家族サービスで忙しくなるもんさ」

　上山の言葉が良多の胸に染みた。滅多に人を褒めないが、褒める時には照れ隠しの言葉が付け加えられる。

　ゆっくりとエレベーターの扉が閉じ始める。良多は深く頭を下げた。

「頼むよ」

　ドアが閉まる間際に上山は言った。優しくいたわるような声音《こわね》だった。

「はい。お疲れさまでした」

良多はすでに閉まっているドアに向かってもう一度頭を下げた。

建築設計本部のあるフロアは閑散として静かだった。土曜日も工事現場は稼働しているが、建築設計本部は基本的に土日が休みなのだ。だが一角にある会議スペースは熱くなっていた。そこには良多をはじめ、五人の男性社員と三人の女性社員がいた。いずれも若手の精鋭ばかりだ。彼らは大きな会議用のテーブルの上の模型を囲んでいる。それは都内の巨大ターミナル駅前の再開発プロジェクトの建築模型だった。開放感のあるガラスを多用した建物の脇には、巨大ならせん状のスロープが設置されている。この巨大な建物全体がガラスで覆われているために天空にそびえる回廊のように見える。その前面には緑の公園。無駄なスペースだが、大きな規模の開発の際には政令で作ることが義務づけられている。

「南はこっちだったよな」

その公園を見ながら良多が模型担当の男性社員に尋ねた。

「ええ。太陽の動きはこうなります」

後輩は太陽の動きを手で表した。それを見て良多はしばし考えた。冬場にしても日当たりが確保されるはずだ。考えようによってはここが最高の場所になる。

「公園を散歩しているのが一人かカップルばかりだな」

公園の中に配置された人間の模型のことだった。

「もっと家族連れを増やそう」

良多の提案に全員が同意した。

「犬連れてたり……」

別の男性社員が発展させる。良多は即座に反応した。

「ああ、いいじゃん。アットホームな感じをもう少しプラスしてさ」

模型に欠けていた視点だった。プレゼンではファミリー層の取り込みを謳《うた》っていたが、力点は建物に置かれてしまいがちで、公園という〝邪魔者〟の細部にまでその意識が反映されていなかったのだ。

良多は模型を見ながら、公園で慶多と遊ぶ姿を思い描いていた。家族を持たなければ見落としていた視点だったかもしれない。もっとも慶多と公園で遊んだ記憶を探ってみると遥《はる》か昔にさかのぼってしまうが……。

元気のいい声が響いて良多は、現実に引き戻された。

「みんな、リーダーの奢《おご》りで夕食頼むけど、何にする？　ピザか釜飯」

言いながら現れたのは松下波留奈《まつしたはるな》だった。スレンダーな長身をタイトなグレーのスーツで包んでいる。年齢は三十六歳だが、目鼻立ちが大きく華やかな顔は二十代に見える。

彼女が手にしているのはデリバリーのメニューだ。

リーダーとは良多のことだ。役職もあるのだが〝リーダー〟が定着している。

「晩飯にピザはないだろ」

良多が不満の声をあげたが、若手たちはすでにピザに決めているらしく早くも〝ごちそうさまです〟と言いながら、波留奈からピザ店のメニューを受け取って選び始めている。

チームのサブリーダーである波留奈は良多を見た。いつにない長い凝視だった。良多がたじろいで視線を逸らすと、波留奈は鼻で笑った。〝家族サービス〟してきたマイホームパパへの〝お仕置き〟とでも言うように。

「倍率は十倍もあるんだから、簡単じゃないよ」

みどりは最新式のシステムキッチンの深いシンクでジャガイモを洗いながら、肩でスマートフォンを耳に押し当てて前橋に一人で暮らす母親と電話していた。その声には故郷である群馬の微かなイントネーションがある。同郷人にしか聞き分けられない程度のもので方言とも言えない。

「私は最初は公立でもいいんじゃないかなって思ってたんだけどね。後で苦労するより、今頑張っておいた方が楽だって、良多さんが言うし……うん。そう。私も今は頑張って良かったなって。まだ受かるかどうか分からないけどね。あ」

家の固定電話の呼び出し音が部屋に鳴り響いた。

キッチンから続くリビングの床に置かれたクッションの上でゲームをしていた慶多が立ち上がってキッチンカウンターの上にある受話器に向かった。

「パパだ」

みどりはうなずいた。良多が電話してくるのは珍しい。何かあったのだろうか、と少し不安になって、「また電話する」と母に告げて電話を切った。

「もしもし」

みどりより先にリビングに面したカウンターの上にある受話器を慶多が取った。

「パパ？」

みどりが問いかけても慶多は黙り込んでいる。良多以外からの電話だと慶多は、しゃべらなくなってしまう。みどりは濡《ぬ》れた手を拭いて、受話器を取った。

「お電話替わりました」

声に覚えのない男性がやけに慇懃《いんぎん》な口調で、自己紹介をした。セールスの類《たぐい》ではなかった。みどりは不安げに受話器を持ち替えてしっかりと耳に押し当てた――。

本社の地下駐車場から、自宅まで首都高速を使うと土、日なら三十分ほどで到着する。渋滞の抜け道も覚えているし、平日でも一時間はかからない。快適な通勤と言えるだろう。

良多の車は自宅のマンション前の坂に差しかかっていた。坂の下から見上げると、そこにマンションがそびえている。地上三十階建ての高層マンションだ。近隣にあまり高いビルがない地区なので一際目立つ。

マンションの駐車場は地下にあった。国内外の高級車ばかりが並ぶ駐車場の一角に良多は駐車した。専用のキーでエレベーターのエントランスへのドアを開ける。間接照明で照らされたエレベーターホールへと向かう通路には黒い大理石が敷きつめられていて、革靴がコツコツと立てる足音が心地よい。

良多はエレベーターに乗り込むと、二十六階のボタンを押した。


玄関ドアの鍵を内側から開けるのは慶多のお手伝いの一つだった。だがそのお手伝いは実行されることは少なかった。良多の帰宅時に慶多は眠っていることがほとんどだったからだ。

「お帰り」と言って、慶多は良多が手にしていたコートを持ってリビングに走り込んでいく。

慶多はもうお風呂に入ってパジャマに着替えていた。みどりが編んだ毛糸の腹巻をしている。寝ていると夜中にフトンを何度もはいでしまうので、腹巻が欠かせないのだ。

慶多はコートをダイニングテーブルの椅子の背にかけた。すぐにテレビの前に陣取ってボーリングゲームの続きを始めた。大きな目をさらに大きく見開いてゲームに熱中している。

迎えに出たみどりが良多のカバンをダイニングテーブルの椅子に置く。

「もっと遅くなるかと思ってた」

休日である土曜日も休めることはほとんどない。帰宅が深夜になることも当たり前のようになってしまっている。だがそれで疲弊してしまうようなタイプではない。スーツを脱ぎながらリビングに入ってきた良多は、それには答えずに慶多を見ていた。

「お？　もうピアノやっちゃった？」

「試験も終わったことだし、今日はいいかなって思ったんだけど……」

みどりの言葉が言い訳がましくなった。

「お前がそんなことで、どうするよ。こういうのは一日休むと……」

夫の小言を妻が引き取った。

「〝三日かかる〟んだよね。取り戻すのに」

からかう口調だったが、笑顔のみどりに言われると良多もつられて笑ってしまう。

「さあ、ピアノやろうか、慶多」

「うん」

慶多はすぐにゲームの電源をオフにして決められた場所に片づけた。聞き分けの良い子だった。

みどりは慶多を促してピアノの前に座らせた。まだ時間は早かったが、休日の夜の騒音には敏感な人が多い。防音もしっかりしているのだが、電子ピアノのボリュームは下げた。弾き始めたのは「チューリップ」だった。どこかたどたどしい。

「食べてきたんだよね。お風呂沸いてるよ」

「ピザ一切れだけ」

ネクタイを外しながらため息まじりに言った。どうしても夕食に食べる気がせず、手を出さずにいると、若い男たちはあっという間に良多の分まで平らげてしまった。

「エー、だったらメールでいいから連絡してくれればいいのに」

みどりは言いながらも冷蔵庫を開け、準備を始めた。

「ご飯ないから、一番早いのだったら、おうどん。三村《みむら》さんが香川から送ってくれたヤツ」

「あ、じゃ、それもらおうかな。硬めでお願いしますよ。硬めで」

送ってもらってすぐに作った時には茹《ゆ》で時間を間違えてすっかりコシがなくなってしまったのだ。

「あ、今回はちゃんと作りますけど、卵は抜きですからね」

釜揚げのうどんに生卵と醤油《しょうゆ》をからめて食べるのが良多は好きだった。

「え？　いいだろ」

「コレステロール高めなんだからダメ」

「一個くらいなら、なあ？」

良多は慶多に同意を求めた。

するとピアノを弾く手を止めて振り向くと、顔の前で腕をクロスした。

「バツ！」

良多はガクリとテーブルに突っ伏してみせた。まるで拳銃で撃たれた悪役のように。

慶多は楽しそうにキャッキャッと笑ったが、すぐにピアノに向かって練習を再開した。

「どうしてバツなんだよ～」

死んだはずの悪役が蘇《よみがえ》って、慶多の背後から忍び寄ると、鍵盤に手を伸ばして、チューリップを一緒に弾き始めた。

父と子の連弾する後ろ姿をみどりはキッチンから見つめていたが、一人が奏でる音に合わせるようにリズミカルに長ねぎを刻んでいく。

こんな時間がもう少しだけでも増えてくれればいいのに、と思いながら。

良多のマンションは2LDKの間取りだが広かった。リビングもキッチンも余裕のある造りで親子三人の生活で狭さを感じたことはない。キッチンとリビングはフローリングと生成りのシャツのような色の壁紙で統一してある。天井から床まである大きな窓からは都心が一望できる。辺りに高層物件がないために見晴らしは最高だった。特に夜景は訪れた人を驚かせる。

良多がモデルルームを見て気に入ったのは静謐《せいひつ》さだった。生活臭とでも言うべき〝便利さ〟がないのだ。その静謐を維持しているのはみどりだった。部屋はモデルルームの時とほとんど変わらずに整然と片づいている。もちろんキッチンには物が増えたし、壁に慶多の描いた絵や写真が貼られたりしているが、良多はこれには目をつぶっている。

二つある洋間の広い方が寝室になっていてダブルとシングルのベッドがぴったりとくっつけてある。そこに親子三人が川の字になって寝ているのだ。

もう一つの狭いほうの洋間は良多の書斎だ。

みどりは寝室で慶多が眠りに就いたのを見届けると、絵本を閉じてベッドから抜け出して、リビングにいる良多に声をかけた。

「新しいお仕事うまくいってるのかしら、三村さん」

「なんとかなってんだろ。あいつは元々田舎の方が合ってたんだよ」

良多はリビングのソファに座ってプレゼンの資料を見直していた。だが返事が上の空なのはそのせいばかりではない。三村の話題に興味がないのだ。

「冷たいんだから。あんなにかわいがってたのに」

三村は良多の部下だった。故郷で衰退している林業を手伝いたい、と言い出して一年前に退社したのだ。真面目で優秀な部下だったので目をかけてもいたし、辞めると言い出した時には随分と引き止めもしたのだが、三村はかたくなだった。

「辞めたヤツの心配までしてられるか」

「すみませんでしたね。〝辞めたヤツ〟で」

みどりはそう言いながら、キッチンでコーヒーの支度を始めた。

良多とみどりは社内恋愛の末に結ばれた。みどりは結婚と同時に寿退社したのだ。

「もう寝たんだ」

良多は資料を見ながら尋ねた。

気がかりな話があった。慶多が寝たらすぐに話そうとみどりは思っていたのだが、話しづらい。仕事を休んでくれ、と頼むと良多が不機嫌になるのは分かっているからだ。みどりは切り出せなかった。

「うん、やっぱり緊張して疲れたみたいよ」

「まあ、やるだけのことはやったから、あとは慶多のがんばり次第だろ」

良多はまだこれからペーパーの試験があると思っているのだ。だが試験は今日で終わりだと以前にも何度か言ってあったはずだ。だがみどりは訂正しようとは思わなかった。

「がんばってますよ。パパみたいになりたいって」

みどりの言葉に返事がなかった。良多は仕事に集中し始めている。邪魔はしたくなかったが、夫婦で話ができる機会は少ない。みどりがさらに言葉を続けた。

「最近、ちょっとしっかりしてきたでしょ？」

「そうか」

気のない返事が返ってきた。

「大地《だいち》くんに〝やめて〟って言えるようになったみたいよ」

〝大地くん〟という言葉に良多は反応した。夏休みが明けてしばらくすると〝大地くんにいじめられた〟と訴えるようになったのだった。幼稚園の先生とも相談をして

〝嫌なことをされたらやめて、と言う〟と慶多と約束を交わしたのだ。それからしばらくは泣いて帰ってくる日が続いたが、ここのところまったくなくなっていた。

「ならいいけど。今の時代、優しすぎるなんていうのは、損だからな」

その経過も良多には話してあったが、その時も上の空の返事が返ってきたのを思い出した。

「面接の時は長所だって言ってたクセに。たまには褒めてあげてよ」

良多が小さく顔をしかめて、立ち上がった。

「二人で甘やかしてどうすんだ」

そう言うと書類に目を落としたまま、逃げるように書斎に引き込んでしまった。

滅多にゆっくりと二人だけで話す時間が持てないから、その隙間を埋めようと焦ると責める口調になってしまう。

みどりは反省しながら、コーヒーを淹《い》れ終えて、書斎へと運んで行く。

「コンコン」

書斎のドアが開いていたので、みどりは口でノックの音を真似た。それが図らずも硬直しかけていた空気を和ませた。

「うん？」

良多は部屋の照明を消して、机の上のデスクライトだけを点けて仕事をしていた。机の脇にはパソコン用のデスクがあって、デスクトップ型のパソコンが置いてある。部屋は六畳ほどでデスク以外には壁際に書棚があり、建築デザインの大型本の他に、小説やCDが並んでいる。良多は本と音楽が好きで、どちらも良く買うのだが、時間がなくて書棚に置きっぱなしだ。

部屋はリビング同様に整然としていて無駄なものがない。ただ一つ、部屋の真ん中にギターが架台に立てかけられている。学生時代に愛用していたギターだったが、これも演奏することはもちろん、何年も手にしたことさえない。だが愛着があって、しまい込むことはできないのだった。

みどりはコーヒーのマグカップをデスクの端に置いた。コーヒーの香りが部屋に満ちるとそれだけでリラックスした気分になれる。

「おう」

良多は応じながら、プレゼンの資料をファイルに整理して片づけている。

「今日は忙しいのに、ありがとうね」

みどりは感謝の言葉を告げながら、良多の書棚のCDを取り出した。面と向かって感謝の言葉を告げるのは気恥ずかしい。

「日曜くらい一緒にいてやれるといいんだけどさ」

良多は明日も朝から出勤なのだ。帰りも深夜に近くなるのだろう。

みどりはCDを棚に戻して夫に向き直った。

「まあ……」と言いながら良多はファイルの整理を終えると、机の上を片づける。

「このプロジェクトが終わったら少しは時間が取れるようになるからさ」

「この六年、ずっと同じこと言ってますよ～」

冗談めかしてみどりは言ったが、良多は意外そうな顔をした。

「そうか？」

冗談ではなかった。良多は六年もの間、まともに休みを取ったことがないのを忘れているのだ。まるで〝休日〟という概念そのものを忘れているかのように。

「そうですよ……」

また非難する口調になりそうな気がして、みどりは口を閉ざした。久しぶりに家で過ごす時間を喧嘩《けんか》で終わらせたくない。

だが告げなければならないことがあった。ついにみどりは切り出した。なるべく軽い調子を装って。

「そういえば、今日、前橋の病院から電話があったの」

「慶多も喜んでた」

あのやけに丁重な電話のことだった。

「病院？」

「ほら、慶多を産んだ」

「ああ、なんだって？」

「なんかはっきりしないんだけど、話したいことがあるって」

「理由を言わないのか？」

「お会いして話したいって。なんだろう？」

みどりは話すうちに心細くなって胸の前で腕を組んだ。

「輸血か、何かの問題でもあったか？　なんか面倒なことじゃないだろうな」

たしかにみどりは分娩《ぶんべん》時に出血が多く、輸血をした。その際に同意書を書かされている。良多は間に合わなかったので、立ち合っていたみどりの母親が署名していた。

「時間作れる？」

お受験の面接でさえ、ようやく時間を作ったのだ。もう割ける時間などない、と言いたくなったが、それを妻にぶつけても仕方がない。

「ああ」

良多は感情を殺した小さな声で答えた。

3

翌日に出勤して、スケジュールを再度確認してからやり繰りすると、明後日の火曜日の午後に少しだけ時間を空けることができた。病院側はこちらの指定した場所にやってくるという。良多は会社のそばにあるホテルを指定した。面会時間は三十分から一時間まで、と区切った。

妻にメールをするとすぐに返信があり、病院の事務部長が弁護士を伴って指定したホテルを訪れるという。

弁護士が同席するとなると只事《ただごと》ではないのは想像ができた。やはり輸血による感染症なのか。肝炎は潜伏期間が長いと聞いたことがある。みどりが入院ということになると、それなりの対策が必要となるが……。

しかし、良多の憂慮はやがて、次から次へと訪れる仕事の波に飲まれて押し流されてしまった。

結局、なんの対策もできずに火曜日の午後を迎えた。火曜日ながら吉日らしく幾組も結婚式が行われてホテルは賑やかだった。

その同じ階にある会議室で良多とみどりは前橋中央総合病院の事務部長の秋山《あきやま》と弁護士の織間《おりま》と対面していた。

優に十数人は着席できるほどの大きなテーブルを挟んで、向かい合っている。部屋の空気は凍りついていた。ドアの外から披露宴を終えた客たちの華やいだ声が微かに聞こえてくる。

良多もみどりも病院側が話を切り出してから、何もしゃべれなくなっていた。何分が経過したのかも分からない。ただ湯気を立てていたテーブルの上のコーヒーが完全に冷えているのだけは分かった。二人とも〝その話〟を信じることができなかった。どう対処すればいいのか、まったく見当がつかない。

「取り違えって……」

ようやく口を開いたのは良多だった。長く黙っていたせいで声が少しかすれている。いつもの力強さはない。どこかぼんやりとしている。いつもの明晰《めいせき》な良多とは思えない声音だが、隣に座っているみどりはそれに気付く余裕がない。放心したまま、隣の椅子に置いてある秋山が持参した群馬の手土産の定番である〝旅がらす〟の包装紙を見つめていた。

とでも言うように。

「取り違えなんて、僕たちが子供の頃の話ですよね」

良多が問いかけると、事務部長の秋山がその細面を下げてうなずいた。申し訳ない、とでも言うように。

秋山の隣の弁護士の織間は大柄な身体に四角張った顔をした武骨な印象の男だった。

「ほとんどの事故は昭和四十年頃に起きてます」

織間はそう言ってから続けた。

「沐浴《もくよく》時に看護師が取り違えるケースでして、当時は看護師の不足が原因とされました」

秋山が細い顔を上気させて話し始めた。

「うちの病院でも当時の事故を教訓として、昭和四十四年から名前をマジックで足の裏に書くのはやめまして、ネームバンドを採用してからは今まで一例も……」

「じゃ、なんで今さらそんなことが……」

良多は言いかけてから無駄だと思って言葉を切った。

「だから私どもも、本当に驚いておりまして……」

秋山の物言いに良多の顔が険しくなった。

「一番驚いているのは僕らの方ですよ」

秋山はその小さな身体をさらに縮めて一礼した。

「もちろん、おっしゃる通りですよね」

織間が取りなした。

「その、相手方の御夫婦のところにいる男の子っていうのは……」

良多が問いかけるのを待っていたかのように秋山が早口で語りだした。

「はい。それが小学校入学のための血液検査の結果が、ご両親と一致しなくて……」

皆まで聞かずに良多が言い募った。

「うちは血液型は問題ありません」

良多は黙っているみどりに顔を向けた。

「だよな？」

みどりはそれに答えようとせずに、虚ろな目を秋山に向けた。

「確かなんでしょうか？」

声が震えている。顔も蒼白《そうはく》で今にも倒れてしまいそうだ。

だが秋山も織間も口を開こうとしない。確かなことは言えないのだ。ただその確率が高いとしか。

「本当に慶多は私たちの子供じゃないんでしょうか？」

叫んでしまわないように抑えたつもりだったが、みどりの声は震えながらも声高になっていた。

秋山が恐る恐る口を開いた。

「同じ時期に入院されていた男の子のお子さんが三人いらっしゃいまして、お宅のお子さまはその中の一人ということです。まだ確定したわけではありません。とりあえずは正式にＤＮＡ鑑定をさせていただいて……それから」

三分の一の確率ということだ。良多もみどりも口を開くこともできなかった。

その時はどうやって帰ったのか、二人とも覚えていなかった。


翌日の水曜日にみどりから会社にいる良多にメールがあった。成華学院から合格通知が届いたので、今晩はパーティーをする。早めの帰宅を、というものだった。嬉《うれ》しい知らせなのだから、いつものみどりなら絵文字で飾られたきらびやかなメールになるのだが、そのメールはどこか素っ気なかった。だがその気持ちは良多にも理解できた。

良多は心のどこかで慶多と向き合うのを恐れていた。慶多の顔を見ながら、夫婦のどちらかに似たパーツを探し、慶多の言動に自分と妻の影響を見いだそうとする。そして、慶多と自分との違いを見つけて落胆してしまう。慶多をそんな目で見る自分に嫌気がさして昨日の夜一晩だけでもほとほと疲れ切ってしまったのだ。だがそこから逃げ出せるわけもなかった。

残業の予定はあったが、夕食には間に合うように帰る、とメールを入れた。

良多が少し遅れたので、用意したお祝いのケーキのキャンドルに火を灯したのは八時を過ぎていた。

ケーキには〝けいた ごうかくおめでとう〟と描かれたチョコレートの板が飾られている。キャンドルの本数は年齢と同じく六本だ。

「合格おめでとう！」

良多とみどりが言うと同時に慶多はキャンドルの火を吹き消した。

部屋の電気は消してあったので、その瞬間に東京の夜景が窓の外に浮かび上がった。

「オー！」

上手に火を消した慶多に、良多は感嘆の声をあげた。みどりと慶多も真似てみせる。

夕食はエビフライがメインだった。今日は唐揚げはなしだ。みどりの手作りのものばかりが並ぶ。サラダにビーフシチュー、グラタン……。作りすぎだった。

良多は、机の中にしまい込まれていて、しばらく使っていなかったカメラを持ち出して、エビフライを食べるみどりと慶多を撮った。一枚ではない。何枚もだ。そしてみどりが写真を撮りたいと言い出した。今まではカメラに触ろうともしなかったが、慶多と良多を撮りまくった。はしゃいでいた。慶多もカメラを撮りたいと言って良多に教わって何枚か撮る。

「うまいな!」と慶多の撮った写真を見て良多は大げさなほどに褒めた。

良多もはしゃいでいた。はしゃいでいなければ慶多の顔に吸いよせられるように視線が向かってしまう。気を紛らせていたかったのだ。

三人でベッドに入った。ベッドに入ってからも、良多もみどりも騒ぎ立てていた。さすがに疲れて良多はベッドに仰向けに倒れる。それでも興奮したせいかすぐには眠らない。その隣に慶多が寝ころぶ。みどりが慶多を挟んで横になった。親子三人でベッドに入るのは何ヶ月ぶりだろう、と良多は考えたが、すぐに思いつかないほど昔のことのように感じた。

その良多の手を慶多が握った。良多はドキリとしていた。

慶多はその手を自分の顔の前に持ち上げた。右手にはみどりの手を握っている。

慶多は二人の手を合わせると、父と母の手の甲を合わせて優しくすり合わせた。

「なかよし、なかよし……」

その瞬間に良多は気恥ずかしさと同時に、心の奥から湧き上がる温もりを感じていた。この気持ちは以前にも感じたことがあった。原因はすっかり忘れてしまったが、小さなことで妻といさかいになったことがあった。その時にまだ幼かった慶多が、二人の手を取って「なかよし、なかよし」と、とりなしたことがあったのだ。その時も同じ気持ちになった。羞恥と温もりと、わずかな戸惑い。

良多は慶多の横顔を見た。すると慶多の頭越しにみどりと目が合った。みどりの目が涙で潤んでいる。

今晩は両親がいつもと違う、と慶多は敏感に感じ取っているのだろうか。〝なかよし〟をしているのは、そのせいなのだろうか？

良多は妻に問いかけたくなったが、黙って妻の目を見つめ続けていた。

ＤＮＡ鑑定について、前橋中央総合病院の事務部長の秋山は、鑑定人と立会人を自宅に派遣することも可能だ、と説明した。仕事の都合を考えると、そちらの方が良いと思っていた良多だったが、みどりが珍しく強固に反対した。

〝白衣を着た人たちが家に上がって来るのは嫌〟と、言い張ったのだ。白衣の有無がみどりの拒否の理由の本質にないことは良多にも分かった。親子関係を冷静な立場で〝裁く〟人間を家から遠ざけたいような気持ちなのだろう。

結局、土曜日の夕方に良多が時間を作って都内の研究所に家族三人で出向くことになった。会社で波留奈に土曜日は早めに抜けることを告げると、「あら、ここのところ多いですね。お子さんに何かありました？」と言われた。波留奈の鋭さに良多は動揺していた。だが「いや」と短く答えて動揺をねじ伏せた。

都内にある研究所はSF映画にでも出てきそうな無機質な建物で、冷たく暗い印象を受けた。

実用一点張りのリノリウムの床を慶多を真ん中にして三人で歩いていく。薄暗い廊下だ。壁には〝節電のために照明を落としている〟と書かれているが、なんとも陰鬱だった。

良多の気分とは裏腹に慶多は父親と母親とのお出かけにすっかり上機嫌だった。両手を両親に握られて何度もジャンプを繰り返している。

廊下に慶多の歓声が響くと、その鬱々とした良多とみどりの気分も少し軽くなるような気がした。

だが、この鑑定の結果次第によっては慶多の声が違って聞こえるかもしれないのだ。

慶多の重くなった身体を持ち上げながら、良多は足どりが重くなっていくのを意識した。そんな自分に良多は言い聞かせた。血液型は良多がA型でみどりがO型。そして慶多はA型だ。何も問題はない。取り違えられたのは他の家族だ。

ＤＮＡ鑑定を行うのは、病院の診察室のようなところだった。壁も床も白く消毒薬のような薬品の匂いが漂っている。白衣を着た男性が二人。スーツを着た男性が一人。スーツの男が立会人だという。つまりこの鑑定が公正に行われたことを証明する人物だ。

良多がまず丸椅子に座らされて、綿棒で口中の粘膜を採取された。あらかじめ断られていたが、綿棒が口に入った瞬間にフラッシュが焚《た》かれて〝証拠写真〟が撮られた。次はみどりで、最後に慶多だった。

慶多は病院のような部屋を見て緊張していた。だがみどりが、自分たちと同じことをするだけで、全然痛くない、と伝えて手を握ってやると素直に丸椅子に座って大きな口を開けた。

「お母様はあちらに」

鑑定士に言われて、みどりは良多の横に並んで立つと、夫の手を強く握った。良多も妻の手をしっかりと握り返した。

綿棒が慶多の口に入るとフラッシュが焚かれた。その瞬間に慶多は驚いて身体をビクリと震わせる。

その姿を見て良多もみどりも怒りを感じていた。二人ともその怒りの原因を説明できそうもなかった。ただ良多は犯罪者が警察で撮られる被疑者写真を思い起こしていた。ありもしない嫌疑をかけられた冤罪《えんざい》……。帰り際に、鑑定結果は一週間後に弁護士の織間のところに届けられる、と立会人はロボットのような無表情で告げた。

その一週間、良多はほとんど慶多の顔を見ることがなかった。正確に言えば寝顔しか見ていなかった。仕事が忙しいのは間違いがない。この件で仕事の時間をかなり犠牲にしているのだった。オフィスを出るのは誰よりも遅くなった。

次の土曜日には慶多を実の子供として見られなくなるかもしれないのだ、と頭では分かっていた。だが曖昧なままで慶多に向き合うのが怖かった。深夜に帰宅すると、みどりはほとんど口を利かなかった。ひどく疲れているように見えた。

雨が降りしきる中、良多は高速道路を飛ばしていた。十一月にしては冷える日で車のエアコンが温かな風を送り出している。それでも助手席ではみどりが寒そうに両腕で自分の身体を抱いている。二人とも無言だ。

慶多は幼稚園の友達の家で預かってもらっている。夫婦で織間の弁護士事務所に向かっているのだ。織間が自宅マンションを訪ねると言うのを断った。これもみどりが固辞した。

その事務所は古ぼけたビルの五階にあった。

エレベーターがなく階段を歩いて五階まで上がらなくてはならなかった。みどりも良多も階段を上がりながら口を開かなかった。ここに向かう車内でもほとんど会話はなかった。同じことを繰り返してしまいそうだったからだ。「もし慶多が私たちの子でなかったら……」と。だがどちらもその問いに答えられるわけもなかった。

五階にたどり着いてしまうと、みどりは逃げ出したくなった。すべてを忘れて家に戻って、これまで通りに慶多を育てていく。今ならそれが可能だ。結果を聞かずに今まで通りに。〝今まで通り〟、それがどれだけ幸せなことだっただろう。

みどりは良多を引き止めたい、という衝動に駆られた。だが法律事務所のドアの前で、良多がみどりを振り返る。その顔を見てみどりは黙ってうなずいた。

それが現実なのだ、と諭されたような気がした。

良多はドアを押し開ける。古びた金属のドアはきしみ音を立てた。

事務所の応接室には大きなソファがあってそこに二人は案内された。ソファはすっかりクッションが潰れていて、座り心地は最悪だ。

織間は「まず結果を見ていただいた方が」と言って、研究所からの分厚い鑑定書を良多に手渡して、その結論部分を開く。

その結果がわずかに二行足らずの青い文字で記入されていた。

隣でみどりが身を寄せて鑑定書を見る。

〝資料1野々宮良多、資料2野々宮みどりと、資料3野々宮慶多は生物学的親子でないと鑑定し結論する〟

何度も何度も何度も二人はその文章を追った。その文章の意味が分からなくなるほどに何度も……。

だがそこに書かれている文章は冷たく二人の願いを拒絶していた。


織間は取り違えられた相手の両親との面会を提案してきた。日程は来週の金曜日、場所は前橋中央総合病院を予定しているが、と。

良多の脳裏に微かに仕事がよぎったが、もうそれ以上は何も考えられなかった。

織間に言われるままにすべて約束して、事務所を後にした。

「お車ですよね？　運転大丈夫ですか？　病院側に請求しますのでタクシーでお帰りになった方が……」

出掛けに織間が蒼白な顔の良多を心配して声をかけたが、良多は断った。明日からの通勤のこともあったが、なにより運転することで少し気を紛らせたかった。

外に出ると雨が上がっていた。遠くの空がかすかに朱色を帯びている。夕焼けだ。

だが良多もみどりも空を見上げることもなく車に乗り込んだ。


運転している時も、慶多のことが頭から離れない。

良多はブレーキを荒く踏んだ。車が大きく揺れて停車する。警報音が鳴っているのに気付かなかったのだ。危なかった。そのまま突っ込んで行ったら踏み切りの真ん中で立ち往生するところだった。遮断機が目の前で閉まる。

長い踏み切りだった。上下線が何本も通過していく。

「ドン！」

車内に大きな音が響いて、助手席のみどりは身体をビクリと震わせた。

見ると、良多がドアの窓ガラスに力任せに拳を叩きつけた音だった。

良多の横顔が怒りのために歪み、白い頬が紅潮している。これほど激しい怒りの表情をこれまでみどりは見たことがなかった。

「やっぱり……そういうことか……」

噛《か》みしめた歯の間から絞り出すように、良多はつぶやいた。

その言葉を聞いてみどりの涙がひいた。拭っても拭っても溢れ出てきた涙が。良多の言葉の意味がゆっくりとみどりの中に浸透していく。

みどりは良多の横顔を見つめる。

良多はみどりの視線に気付いていない。ただ怒りに囚われていた。

良多の横顔がみどりには遠く感じられた。

恐ろしいほどにゆっくりと下りの私鉄電車が夫婦の前を通過していった。

マンションの駐車場に車が停まった瞬間に、みどりはあることに気付いた。もし、取り違えられたのだとしたら、それはどの時点なのか。母子手帳や当時に撮った写真があるはずだ。それをつぶさに見れば、どこで慶多の顔が変わったのかが分かるはずだった。みどりはそのことを良多に伝えた。

出生直後に取り違えられたとしたら無意味だし、赤ん坊の顔が変わった時間を探ってもやはり無意味で、そもそも変化がなかったとしても、DNA鑑定を覆せるわけもない、と良多は心の中で思ったが、部屋に戻ると納戸の中にあった写真などをリビングに運び出した。

まず開いたのは母子手帳だった。七月二十八日の午前九時三十七分に誕生している。分娩時間は十時間二十五分と記されている。出血が多量だったために、分娩後すぐにみどりは処置室に移動して治療と輸血が行われた。出生時の体重が二八六五グラムと記入されている。身長は四九・二センチ。男児としては小さめだった。

初めて受診したのは前に住んでいたマンションのそばにある小さな産婦人科だった。みどりが流産の経験があり、その際に大量出血があったことを告げるとリスク出産になるので総合病院での分娩をお勧めする、と告げられたのだ。その結果選んだのが故郷の前橋中央総合病院だった。

だから、喜びばかりではなく、半分以上は不安の中で妊娠の事実を受け止めたのだった。

出産予定日までは順調だった。だが予定日の三日前に入院をしてすぐに陣痛が始まり、十時間余の分娩の後に、大量出血があって意識を失った。

それでも総合病院だったから迅速な処置が施されたとも言える。

「最初の三日はほとんど抱かせてもらえなかったから……」

みどりは写真を見ながらつぶやいた。哀しげな声になる。出血多量の処置とその後の消耗もあって、みどりは子供の顔を少ししか見ていなかった。母乳は出ていたのだが、搾乳されて、看護師が哺乳瓶で与えていたのだった。

だから出生直後の写真がなかった。前橋の母親が付き添っていたのだが、カメラを持っていなかったし、持っていたとしても撮影するような余裕はなかった。

「俺が行ったのが、三十一日だもんな。これがその時の写真だろう?」

一番日付の古い写真が七月三十一日のものだった。ガラス越しに撮られた写真だ。

決まった時間になると新生児がずらりとガラス張りの新生児面会室の中に並べられるのだ。その時は小さなベッドの上に〝野々宮みどり　男児〟と書かれたプレートがあり、子供の足首にネームバンドがはめてあった。

　写真はクリアだった。良多は出産予定日に合わせて、それまでのフィルム式の一眼レフをデジタルの一眼レフに買い換えたのだった。キヤノンＥＯＳの上位機種だった。切り取ったようにくっきりと慶多の顔が映し出されている。

「これ、慶多だよな」

　写真を良多がみどりに示す。みどりは写真をじっくりと眺めてから、自信なげにうなずいた。

「そうだと思う」

　今の慶多が、その写真に映っている赤い顔をしたしわくちゃの赤ん坊の成長した姿なのか、と問われても明確には答えられない。慶多も赤ん坊も特に目立った特徴がないのだ。顔や手にホクロでもあればいいのだが、それも見当たらない。

「じゃあ、この時点ではもう取り違えられてたのかな」

　みどりが言って写真を良多に返した。別の写真を受け取る。四日目、五日目、六日目……。どの写真にも変化はないように思えるし、見ようによっては毎日のように顔が変化しているようにも見える。

とはいえネームバンドにベッドのプレートがあるのだ。どう考えてもおかしかった。取り違えるなどあり得ないことのように、今さらながら思えてくる。

「だから……」

良多がみどりから写真を受け取りながら言った。

「あんな田舎の病院で大丈夫なのかって言ったんだよ」

良多の責める口調にみどりはうろたえた。

「だって、私もあそこで生まれたし、兄も妹もあそこだったから……」

「だからって安全って証明にはならないだろ。現に……」

さらに良多が言葉を重ねようとすると、みどりが涙声になった。

「……でも、良多さん忙しくて、全然……。だから私、心細かったから、お母さんが通える方がいいと思ったのよ」

良多は言葉を飲み込んで目を逸らした。

「私……」

みどりは泣きながら、アルバムの写真を手にして見比べ始めた。

「……何で気付かなかったんだろう……私、母親なのに」

みどりは嗚咽《おえつ》を漏らして泣きだした。

慶多の友人の家に手土産を持って迎えに行ったのは夕方の六時を回っていた。

良多もみどりも普段通りに振る舞おうと心がけていたが、やはり〝普通〟ではいられずにむしろはしゃいでしまった。

だが慶多が寝入ると二人はベッドの上に座って、子供の顔をしげしげと見つめていた。

似ている所を探す――。似ていない所を探す――。

慶多の頬に涙が落ちた。みどりが流した涙だった。

みどりは慶多の頬から涙を拭う。

良多は慶多の口元に残っていた歯磨きの白い粉を拭ってやった。

良多は慶多の寝顔をいつまでも見つめていた。

この子の中に流れる〝血〟を見極めようとするかのように。

4

良多の車が首都高速を滑るように駆け抜けていく。後部席ではみどりと慶多が、しりとりをしている。もうかれこれ三十分ほども夢中になって続けている。

良多はスーツ姿で、みどりはスーツにするべきか悩んだ末に落ち着いた色合いのセーターを身にまとった。

みどりの母親への土産は買ったが、相手への土産はこれまた悩んだ末に用意していない。

首都高速を経て関越自動車道に入り、前橋に向かう。運転をしながらフロントガラスに広がる青空を見て良多は、慶多が生まれた時のことを思い出した。

何日もオフィスに泊まり込みで最後は徹夜で仕上げた資料を持ってコンペに臨み、終えると同時に、車に飛び乗って前橋に向かったのだ。その日も快晴で、梅雨明けの暑い日だった。

車窓に流れる景色があの時の高揚を思い出させる。今とはまるで逆の気分だ。

前橋のインターチェンジを降りると、トイレ休憩も兼ねて道の駅に立ち寄った。三人でトイレに行って、その帰りに慶多が全員分のジュースを一人で買いたい、と言い出した。

良多は無糖のコーヒー、みどりはカフェオレを頼んだ。

慶多がパパとママは車に戻っていて、と言うので良多とみどりは車の中で慶多が自販機で買い物する姿を見守った。

じれったいほどにゆっくりとお金を入れて、慎重に選んでいる。ようやく二本を取り出したが熱かったらしく、しばらく触れられずにいた。やがてセーターの袖を伸ばして手をくるんでどうにか取り出した。

良多は慶多が一人で〝買い物〟をするところを見たのは初めてだった。

慶多は自分のオレンジジュースをポケットに入れて、父と母のものを両手に持って走って車に戻ってきた。

みどりが後ろのドアを開けると、熱かったらしく、缶をシートに投げ出した。

「ママはカフェオレ、パパはムトー」

「サンキュー」

良多が礼を言って缶を取り上げた。確かに熱かった。早速開けて飲もうとすると、車に乗り込んだ慶多がセーターの胸のところを指さした。

「パパ、これ」

ブローチのように見えたそれはセミの脱け殻だった。

「セミか？」

「うん、あそこにあった。触れるようになった」

季節外れのセミの脱け殻だった。夏に脱皮したものが、誰にも見つからずに自販機の陰にでもあったのだろう。

慶多は虫を怖がる男の子だった。良多は幼い頃に大きな石を見つけると、必ず持ち上げて下にいる虫を確認せずにはいられない虫好きだった。

虫を怖がる慶多をからかったことがあった。あれは去年の夏だったか、いや、その前の夏だったか……。

脱け殻とはいえ、慶多は克服したことを誇っているのだ。だが今はそれを素直に喜べない。複雑な思いが胸を塞ぐのだ。

「乾杯しよう」

良多がそう言うと、慶多は自分の力でオレンジジュースのフタを開けた。いつの間にか一人で開けられるようになっている。良多はまたも発見した。

乾杯の理由は慶多の合格祝いだ。慶多には、今日幼稚園を休んで前橋に来た理由を合格通知を〝バアバと仏様〟に見せるためと言ってある。

「カンパーイ！　慶多、合格おめでとう！」

良多とみどりが声を揃《そろ》えて慶多と乾杯した。


良多の実家には一度も慶多を連れて行ったことがなかった。一方のみどりの実家には盆暮れやゴールデンウィークなどの長い休みには、良多が同行できなくとも、みどりと慶多が二人で帰省していた。数年前に夫を亡くしてから独り暮らしのみどりの母の里子《さとこ》は、身軽で東京にも折に触れて遊びに来た。だから慶多もよく懐いている。里子は六十七歳。さばさばした性格で率直な物言いをする女性だった。なにごとにも控えめなみどりとは対照的で良多は当初は戸惑いもしたが、仕事で不在がちな自分に代わって、みどりと慶多を支えてくれる里子に感謝していた。

挨拶もそこそこに良多とみどりは里子に慶多を預けると、車で前橋中央総合病院に向かった。

約束の二十分前に良多たちは前橋中央総合病院に到着して、会議室に通された。今日は取り違えられた両親との初めての面会の日だったのだ。

約束の時間を五分過ぎたところで、事務部長の秋山が慌てだした。

「ちょっと見てきます」と携帯電話を手にして、会議室を出て行った。

同席している弁護士の織間が「お忙しいのに申し訳ありません」と詫《わ》びた。

結局、相手が現れたのは約束の時間を十五分経過してからだった。会議室の外から大きな声が聞こえてきた。

「いらっしゃったようですね」

織間が席を立って会議室のドアを開ける。

「〝だから昨日ガソリン入れとけって言ったのに、もう〟」

廊下から女性の険しい声が聞こえてくる。

「〝だから、仕事の合間に翔《しょう》ちゃんに貸したって言ったやろ。満タンにして返すのが普通や、思うやないか……〟」

答える男の声には関西弁が混じっている。そのせいか妻に対する抗議もどことなく情けなくユーモラスに聞こえる。

会議室に騒々しく入ってきた夫婦の姿を一目見て、良多は微かにその形の良い眉をひそめた。

入ってきた男の服装を良多は見ていた。よれよれの柄物のシャツに皺《しわ》だらけのチノパン。その上に羽織ったブレザーは日焼けして色が褪《あ》せている。靴は古ぼけたスニーカーだ。ちぐはぐな印象だった。クセのある髪は首が隠れるほどに伸ばしていてブラシを入れたような痕跡もない。ペコペコと頭を下げながら部屋に入ってくる様子も、上目づかいに人を見る目も良多は気に食わなかった。

妻の方は一言で言うなら美人だった。大きな目に小さな顔。細身の身体に黒のスーツを着ているが、化繊の服で安物であることが分かった。ひょっとすると礼服じゃないか、と良多は思った。彼女からはかつて不良であったという匂いがした。髪が金髪というわけでもないが、そういう匂いというものは表出してしまうのだ、と良多は判断した。

「すみません。お待たせしちゃって。出掛けに、こいつがそのセーターじゃダメだとかなんとか言い出すもんだから……」

口の中でブツブツと遅れた言い訳をし、ペコペコと頭を下げ続けながら、男は良多たちの向かいに立った。

「こんにちは」

男とは違って妻の方は堂々としていた。まっすぐに良多とみどりを見て挨拶をする。

良多たちも立ち上がって一礼する。

「こちらが斎木《さいき》さんです」

弁護士の織間が紹介する。

「いや、もう何がなんだか……寝耳に水で……」

名乗る代わりにぼやいたのが斎木雄大《ゆうだい》だった。良多は五十代だろう、と思ったが、実際は四十六歳だった。

「家内です。ゆかりと言います」

隣に立つ妻が頭を下げた。やはり毅然《きぜん》としている。この家庭で主導権を握っているのは間違いなく妻だろう、と良多は想像した。それにしても若い、と良多は思ったが、みどりより三つ年上の三十二歳だった。

「それでこちらが……」

織間が紹介しようとするのをさえぎって、良多が名乗った。

「野々宮です」

一礼して、隣のみどりを紹介した。

「で、妻のみどりです」

みどりはすっかり萎縮してしまっていて、どうにかお辞儀だけした。

良多が用意していた名刺を取り出して雄大に差し出した。

「野々宮良多です。こちらに勤務しております」

すると、雄大はズボンの後ろポケットにねじ込んであった布製のくたびれた財布を引っ張り出して、ベリリと音を立てて開くと、名刺を取り出した。ペラペラとした紙に〝つたや商店　斎木雄大〟とあり、その上に〝でんきのドクター〟と書いてあった。印字が滲《にじ》んでいる。パソコンで印刷したものだ。

「前橋で電気屋してます」

名刺交換が終わると、それぞれに着席した。

良多の上手に並んで座る織間と秋山が、今回の件の〝お詫び〟を述べて、「写真をお持ちいただけましたでしょうか？」と織間が両家族に尋ねた。

テーブルの上にそれぞれの家族が写真を置いた。

「慶多です」

「琉晴《りゅうせい》です」

良多が用意したのは写真館で撮影したお受験用の写真だった。黒いブレザーを着ている慶多がまっすぐにその大きな目で前を見ている。

一方、雄大が差し出した写真は男の子が水着姿でプールで遊んでいる写真だった。真っ黒に日焼けして楽しそうな笑顔だが、陽差しが強いために目をすがめているし、画素数も低くピントも甘くてぼやけている。さらに自宅のプリンターで印刷したらしく滲んでいる。

「その写真は、今年の夏にサンピアに行った時のです」

写真を指さして雄大が説明する。ニューサンピアは高崎にあるリゾート施設だった。

良多が手にとって目を凝らす。横からみどりも覗《のぞ》き込む。やはり写真が不鮮明なせいもあって、自分たちのどちらかに似ているとは思えなかった。良多とみどりは顔を見合わせると小さく首を傾けた。

「もっとはっきり映ってんのなかったっけ？」

ゆかりが注文をつけると、雄大は慌てだした。ジャケットのポケットから携帯電話を取り出して操作する。

「あ、これ」

雄大はテーブルの上に身を乗り出して、良多たちに携帯の画面を見せた。

小さな画面の中で動画が映し出される。子供たちが入り乱れて遊んでいる姿だ。その中で一際笑い声をあげているのが琉晴らしい。特徴的な大きな笑い声だ。

「……なんてところだっけな？」

雄大が妻に顔を向ける。

「烏川《からすがわ》」

ゆかりはぶっきらぼうに答える。

「ああ、そう。カラスな。まだ、ここってイワナとかヤマメがおってな。上にダムの計画があったけど……」

雄大は口を閉じた。ゆかりに目で制せられたのだ。

「あ、その、今、手を振ったのがそうです。それで、その下で転がってるのが弟の大和《やまと》で、その横で泣いてるのが妹の美結《みゆ》」

説明しながら雄大は笑っていた。撮影した時の思い出に浸っているかのように。良多はその軽薄さに、これからの交渉を思って気分が重くなった。

みどりは目を凝らして携帯の画面の中で動き続ける子供たちを見た。だが顔ははっきりとは見えない。

「誕生日は？」

ゆかりが慶多の写真を見ながらみどりに尋ねる。

「七月二十八日です」

「ああ、同じだ」

ため息まじりにゆかりがつぶやいて続けた。

「会ってたんですかね、私たち。ここで」

ゆかりがまじまじとみどりを見つめる。その視線にみどりは臆したようで、答える声が消え入りそうだ。

「お産の後に私、体調崩しちゃって、寝たきりだったから……」

みどりの言葉が小さくなって消えていく。終わりにため息をついた。そのため息の理由が良多には分かった。

「あの日はすごくいいお天気でね。沖縄の夏みたいだなって、二人で話して。それで琉球の琉に晴れって書いて〝琉晴〟って」

雄大は実に嬉しそうに子供の名前の由来を語っている。こちらも由来を話した方がいいのだろうか、とみどりが思っていると、事務部長の秋山がさえぎるように口を開いた。

「とにかくこういうケースは最終的に、ご両親は百パーセント〝交換〟という選択をします」

秋山の言葉に野々宮と斎木の夫婦は、揃って顔を秋山に向けた。選択の余地はないということなのか。いきなり結論を断じられたようで全員が当惑の表情を浮かべている。

すると秋山は畳みかけるようにして続けた。

「お子さまの将来を考えた場合、ご決断は早い方が良いと思います。できれば小学校にご入学される前に」

「突然、そんなことを言われても」

震える声ながら、みどりが不服の声をあげた。

「そうよ。四月って、半年もないじゃない」

ゆかりも同調した。みどりよりも低くしっかりとした声だ。

するといつで雄大がうつむき加減で文句をつけた。

「犬や猫じゃあるまいし……」

その言葉にゆかりが鋭く反応した。

「犬や猫だって無理よ！」

その剣幕に雄大が慌てふためく。

「せや。犬や猫でもフツーは無理ですよ。それに……」

と言ってから雄大は妻の顔色をうかがった。ゆかりは小さくうなずく。良多の想像した通りにこの家庭でのボスはゆかりなのだった。

妻にうながされて、雄大は言葉を続けた。

「それに、そういうことを言い出す前に、おたくら、なにかすることがあるんちゃいますか？」

賠償金を持ち出したのだ。良多は黙って雄大の顔を見ていた。この場で病院側が賠償金の額を提示するわけもないし、金を欲しがっているのだ、と足元を見られかねない。

なにより金で子供を売るような気分にならないのか、と不快だった。

「ええ」

秋山は雄大に向き直った。

「ですから、今、こちらの弁護士さんとも、そのあたりのことは相談しておりまして」

　すると織間がテーブルに手をついて会釈する。

「親御さんのお気持ちとしては、それはもうごもっともなんですけれども。ここはまず、二人のお子さんの将来を考えてですね。穏便に。マスコミに騒がれないように……」

　紋切り型の言葉に意味など見いだせなかった。良多は聞きながら、どうすべきかを考え始めていた。

　病院側と何時間話しても、当然ながら、なにか結論が出るわけもなく、病院の不手際を責める言葉が繰り返し語られて、秋山が立ち往生して織間がとりなすという堂々巡りに陥っていた。

　病院側としても、打ち切りにすることもできなかったのだろう。時機を見て良多が散会を申し出た。

　事務部長の秋山と織間が玄関の前で最敬礼をして、良多たちを送り出した。

　それを背後で意識しながら、良多は少し後方を歩く雄大とゆかりに小声で相談をもちかけた。

「一度会いませんか？　病院は抜きで」

「ええ、そうですね」と返事をして、雄大はゆかりに視線を向けてから付け加えた。

「ウチも慶多くんに会ってみたいし」

良多はうなずくと、スーツのポケットからリモコンを取り出し、車のロックを解除した。

「では、お互いに連絡を取り合って日程は決めましょう」

「はい」

駐車場でお互いの車に乗り込む。

斎木家の車は軽自動車だった。ワゴンタイプでかなり年式も古く、車体に〝つたや商店　でんきのドクター〟と印刷してある。

車に乗り込むと、助手席でみどりが泣きだした。落ち着くのを待ってから良多は車を発進させた。

みどりの実家は築後、四十年が経過している純和風の平屋だったが、自宅で編み物教室を開いている母親の里子が定期的に手を入れているために綺麗に保たれている。

もちろん室内も掃除が行き届いていた。ただ一つ問題なのは広すぎるということだ。折に触れて里子は掃除が大変だ、と愚痴をこぼす。一番多い時にはみどりの家族の他に祖父母と伯父夫婦が住んでおり、十人が暮らしていたのだ。その時でも狭さは感じなかった。部屋数は六つもある。

前庭に車を乗り入れる。砂利を踏みしめる音で、すぐに家から里子が顔を出した。

「あら、遅かったわね」

里子の言葉に運転席から降り立った良多が礼を言う。

「どうもすみませんでした」

すると里子はかぶりを振りながら、良多を家の中に招じ入れる。

「いいのよ、どうせ一人ですることなんてありゃしないんだからさ。で、どうだったの？　向こうは？　どんな人？」

やはり気になるらしく矢継ぎ早に里子は問いかける。

「電気屋ですよ」

そっけなく答えてから、良多は手にしていた土産の袋を義母に渡した。

「これ、さっきは慌てて、渡しそびれちゃってすみません」

「まあ、嬉しい。〝とらや〟だわ。この重さからすると羊羹《ようかん》かしら」

「当たりです」

里子は和菓子が好きだった。経済的に余裕がないわけではないが、自分一人だと高い物には手が伸びないのだ、といつも言っていた。

羊羹を手にして小躍りして喜んでいる。

「ヤだ、お母さん。羊羹ぐらいでみっともない」

みどりがたしなめた。もうすっかり泣き止んでいる。

「〝羊羹ぐらい〟なんて言ったら、あんた怒るわよ。トラがガオーって」

里子は一日慶多と遊んですっかり気分が高揚しているようだった。

「もうやめてよ。慶多はどうしたの？」

里子は奥の部屋を指で示した。いつも泊まる時に使う部屋だ。障子が閉まっている。

「ずっと一緒にゲームしてたのよ。そしたら疲れてパタッと寝ちゃった。おばあちゃん、明日は筋肉痛だわ」

そう言いながら里子は台所に向かった。

良多とみどりは障子をそっと開けて中を覗いた。布団が敷かれていて慶多が寝入っている。新しい畳の香りがふと匂った。

二人で枕元に座って慶多の寝顔を見つめる。

その瞬間にみどりは〝百パーセント〟〝交換〟と言った事務部長の秋山の言葉を思

い出した。また涙が溢れ出てしまう。

良多はそれに気付かずにスマートフォンを操作し始めた。

「あの病院、医療ミスかなにかで訴えられたりしてないかな」

相手の落ち度を調べ上げることは大事だった。交渉にはとかく有利に働く。だが検索しても引っかかるものはない。

みどりが慶多の寝顔を見ながら嗚咽を漏らした。

「おい……」

良多が声をかけた。その目には、しっかりしろよ、という色があった。良多の中ではすでに戦いが始まっているようだ。

「ごめんなさい」

みどりは顔を覆って部屋を出た。確かにしっかりしなくてはならない。泣いてばかりいても何もならない。

居間に里子の姿はなく、台所の奥にある仏間に明かりがあった。

行ってみると里子が仏壇に羊羹を供えていた。羊羹の脇には慶多の合格通知が置かれている。

みどりは仏壇の前の里子の隣に座って涙を拭った。

「今だから言うけどさ」

里子はみどりにささやいた。娘が泣いていることに驚いたりする様子はない。娘が泣くことには慣れている。

「慶多のこと見たお隣の山下さんのおばあちゃんがさ。〝どっちにも似てないわねぇ〟って言ってたの。あれは一昨年ぐらいだったかねぇ」

里子は線香をあげて手を合わせると、みどりにも線香を差し出した。

みどりはティッシュで鼻をかんでから、仏壇に線香をあげた。

「まあ、良多さんは……」

里子は振り返って良多がいないことを確認すると、また声を落とした。

「良多さんは、ウチとはつり合いがとれないくらいにアレなんだろうけど、ほら、結婚してからもあったろ、色々と」

揉めたのは一度だけだった。短大卒で三嵜建設に入社したばかりのみどりと付き合いだした良多は、前の恋人と別れていなかった。みどりが妊娠していることが分かると、揉めた。相手の女性も同じく三嵜の社員で、みどりよりもかなり先輩だった。社内で面と向かって罵《ののし》られたことがあった。

結局、良多はその女性と別れて、みどりと結婚したのだが、流産してしまった。

それから、子会社の女性との親密ぶりなどが、かつての同僚からみどりの耳に入ったりしたが、どれもやっかみ半分の噂の域を出なかった。さらに慶多が生まれてからは、そんな噂さえもみどりの耳に入らなくなった。

「もう落ちついた……」

みどりはきっぱりと言った。思い出すのも嫌なのだ。

「でもさ、あんたたちのことを良く思ってない人が世間にはたくさんいるのよ。そういう〝気〟がさ」

里子は時折オカルトめいたことを口走る。みどりが流産した時も相手の女の〝悪い気〟がそうさせたのだ、と言ったものだ。

「やめてよ。誰かに恨まれてこうなったなんて……」

みどりは声を詰まらせた。

「ああ、本当にねぇ。はあ……」

里子も娘を悲しませるつもりなどないのだ。つい口走ってしまった。

里子は泣く娘の背中に手を当てると、ゆっくりと優しく撫《な》でさすった。

五日後にはコンペが行われるので、その日は前橋には泊まらずに寝ている慶多をそのまま車に乗せて、良多たちは東京に帰った。

帰り際に里子が、良多に「よろしくお願いします」と珍しく神妙な面持ちで挨拶をした。良多は「分かりました」と言ったが、まだどうすべきか、まるで分かっていなかった。

翌日の土曜日、朝一番で良多は出社すると、昨日の進捗状況をチェックした。だが心配する必要はなかったようだ。それどころか部下たちは予定よりも早く仕事を進めていた。順調と言えるだろう。

波留奈がリーダーシップを発揮してくれたらしい、と早朝のオフィスで一人良多は苦笑した。

チームに入ってきた時には、良多はいざこざの二つ三つは覚悟していたが、案に相違して波留奈のエネルギーは仕事に向けられた。過去の恋愛に引きずられるタイプではない女なのだ、と良多は拍子抜けすらした。別れ際は一時的とはいえ激しかったからだ。だが波留奈は仕事ができた。おそらく同期の中では波留奈は群を抜いている。だから破れた恋の再燃を匂わせもしなかったし、復讐しようという気も起こさなかったのかもしれない。社で最高のチームに入ったのだから、最高の仕事をしたいと純粋に望んだのだろう。

現にこれまでサブリーダーとして良多を援護することはあっても、足を引っ張るようなことは一度もない。

今回の件に関しても、波留奈には説明しておかねばならないだろう、と良多は思った。この先、まだまだ休みを取らなければならなくなるだろう。波留奈からどんな反応が返ってくるかは想像がつかなかったが、この件を乗り切るには彼女の協力が必要だった。

部長の上山への報告も必要だったが、コンペを終えてから、時間を作って話した方がいい、と判断した。


良多のプランは意外な形で失敗した。波留奈に〝取り違え〟について説明する前に、部長の上山と顔を合わせた時に「どうかしたのか？」と尋ねられたのだ。早退があったり、休日出勤が少なくなったことに気付いていたようだった。

豪胆さばかりでは、偉くはなれない。上山には細やかな気配りがあった。

声をかけられたのは社の廊下だった。答えづらそうにしている良多を見て、上山はすぐに会議室を押さえて、良多を伴った。

上山は長い時間を割いて熱心に良多の話を聞いてくれた。親身になってくれたと言ってもいいだろう。もちろん解決策を提示してくれる、というわけではなかったが、聞いてもらえるだけで随分と楽になったのを良多は感じていた。

「大変だろうけど、俺も考えてみるからさ」

上山に最後にそう言われると、心強かった。

その後はコンペに向けての怒濤《どとう》の五日間が過ぎて、波留奈も殺気だっていたし、良多も忙殺されて、取り違えについての説明はできずじまいだった。

コンペの会場は主催者である大手不動産会社の巨大な会議室だった。大きな楕円形のテーブルに七十人ほどが座っている。約半数がクライアントの不動産会社の人間で、残りはプレゼンをする五社の大手の建設会社の社員たちだ。

良多たちのプレゼンは五番目だった。もうこの日は良多はすることがない。プレゼンを仕切るのは波留奈なのだ。その容姿もそうだが、彼女の弁舌は軽やかで正確で、女子アナウンサーのようだ。他に二社が女性を進行役に使っていたが、波留奈は際立っていた。

「ここにザ・スパイラルタワーを自信を持って提案いたします！」

波留奈の声が会場に響く。力強い声だった。それを合図に会場の照明が落ちた。会場の正面にある巨大なモニターにＣＧ映像が映し出される。

会場が暗くなると、隣に座っていた上山が声をひそめて問いかけてきた。

「やっぱり、アレか？　裁判になるのか？」

取り違えの件だった。

「ええ、そうなると思います」

「とんだ災難だったけどなあ。大丈夫か？」

上山の声に良多は敏感に反応した。そこに次のプロジェクトに対する懸念が感じられたのだ。次のプロジェクトは別のチームが頓挫させたものを引き継ぐことになっている。今回以上の難物だった。

「はい。仕事には支障が出ないように対処しますので」

するに上山は小さくかぶりを振って笑った。

「そんなことより、どうするのか決めてるのか？　交換するのか？」

「いやあ……」

上山の言葉に良多は返事ができなかった。仕事に没頭してそのことを考えていなかった。というより考えたくなくて仕事に専念していたという方が正解かもしれない。

良多は逃げていた。

すると、上山が良多の耳元に顔を寄せた。

良多は期待した。上山には何かアイデアがある、と直感した。

上山は良多の耳にささやいた。

「両方とも引き取っちゃえよ」

上山の提案に良多は、凍りついた。意表を突かれたのだ。まったく考えてもみないことだった。

「両方……」

良多はただ繰り返していた。

「いいアイデアだろ？」

にやりと笑った上山の顔を良多は見つめた。魅力的と言える笑顔だ。そこには修羅場をくぐってきた男のしたたかな知略があった。

考えれば考えるほどに、上山の提案は魅力的に思えた。慶多をそのまま育て、琉晴も一緒に育てる。失うものはなくなるのだ。〝欲張り〟とも言えたが、斎木家の経済状態と子供の人数を考えれば、折り合いがつかない条件ではない。もし良多が失うものがあるとすれば、斎木家に支払うべき金だろう。慰謝料と言うべきではない。これまでの保育料として計算するべきか……。そのあたりの金額は弁護士に相談するのがいいだろう。あいつに相談しよう。忙しいと聞いているが良多の頼みなら断らないはずだ。斎木家が感謝する金額を提示する必要はある。どちらにしても交渉するのに難しい相手ではなさそうだ。

とりわけこの案が良多を魅了したのは、上山の提案の底に流れる〝人さ〟だった。それは人間、大人、男、リーダーとしての幅の問題だ。すべてを飲んでしまう〝太さ〟。

良多は進むべき方向を見つけて息を吹き返した思いだった。

5

十二月の中頃の土曜日はどうだろう、とみどりに尋ねられて良多はしばらくなんのことだか分からなかったが、やがて斎木家との面会のことだ、と気付いた。初めての面会の直後に、先方から来週の週末にでもどうか、と打診されていたのだ。

だが良多はどうしても時間が作れなかった。すぐに会いたいという気持ちはあった。上山のアイデアをもらってからは、良多の心は軽くなっていたからだ。

だが仕事がパニックに近い状況にあった。コンペは終わったものの、すぐに次のプロジェクトの引き継ぎが始まっていたのだ。元々暗礁《あんしょう》に乗り上げたプロジェクトだった上に、その問題点の洗い出しのために不可欠な男がいなかった。プロジェクトの停滞が引き金になったようで、元のチームリーダーがうつ病を発症して出社して来なくなっていた。そこで良多は波留奈と相談して、すべてを捨てて一からプロジェクトを組み立てることにした。元のチームが半年かけたものを数週間で、まったく新たなものに作り変えるのは至難の業だ。

それでも十二月に入ると、全体像が見えてきたのだった。

「いいよ。じゃ、十五日だな。やっぱり向こうに、こっちが出向いた方がいいだろ？　そうなると一日かかっちゃうな」

良多がやけに機嫌良く、仕事を休む依頼を受け入れたのに、みどりは驚いていた。不機嫌にされるのを予想して、なかなか言い出せずにいたのは無駄な心配だった。

次の仕事が忙しい、と言っていたが、やはりコンペが終わってほっとしているのだろう、とみどりは思った。ほんのわずかとはいえ同じ会社に勤めていたことがあったのだ。いくらか内情は分かる。雑用係ではあったが。

みどりは翌日に早速、斎木家に電話を入れた。電話に出たのは妻のゆかりだった。土曜日に前橋に出向く旨を伝えた。どこで待ち合わせるかを尋ねると、前橋の郊外にある巨大なショッピングセンターを指定してきた。みどりは個室のあるレストランなどを想定していたので驚いた。そこで食事でもしながら気軽に会いましょう、と言うのだ。

〝気軽に〟と言われてみどりは絶句したが、とっさに応じてしまった。

時間と集合場所を確認して電話を切ると、すぐに良多の顔が浮かんだ。不機嫌そうにその顔はしかめられていた。

そのショッピングセンターは都内では考えられない広さだった。駐車場も大規模なのだが、年末だけに買い物客で溢れ返っていて、良多たちが停めた駐車場からショッピングセンターまでかなりの距離を歩かねばならなかった。

待ち合わせの場所に指定されたのは〝花の広場〟という場所だった。そこは五階建ての建物の一階の中央付近にある待ち合わせスポットだった。中央に大きな人工のもみの木があってクリスマスの飾りがされている。いくつものベンチには買い物に疲れた家族らが、座って寛いでいる。

そんな中で良多とみどりは並んでキノコを模したベンチに座っていた。良多はスーツではなくラフな紺のジャケットにジーンズ姿。みどりは淡いグリーンのジャケットに黒のスラックスをはいていた。

慶多はそのベンチのすぐ後ろに、小さな森のおもちゃを発見して、そこで一人で空想のオバケたちと遊んでいる。

「なんであいつらが遅れるんだ？　ここから十五分ぐらいだろ？」

良多が独りごちた。

その言葉を聞いていなかったようにみどりがため息をつく。ひどく気づかわしげだ。

「どうした？　会いたくないのか？　俺たちの本当の……」

みどりが首を振った。

「そうじゃないけど、このままだと、どんどん進んでいって、病院が言ってた通りになりそうな気がして……」

みどりの声にまた涙が混じっている。

「まあさ」

良多は妙に晴れやかに言った。

「俺に任せとけよ」

良多は自信に満ちていた。それはいつでもそうだったが、今度の問題は道に迷ったというレベルの問題ではなかった。みどりは夫にすべてをゆだねてしまいたくなる誘惑に駆られながらも、同時に心のどこかが警鐘を鳴らしているのを感じていた。


「すんませ～ん」

聞き覚えのある雄大の関西訛《なま》りの声が聞こえた。その出所を探すと、赤と茶と白という派手なチェックのダウンジャケットを着て、チノパンとスニーカーは先日と同じものを身に着けている雄大が男の子を一人、せかしながら走ってきた。

少し遅れて妻のゆかりが小さな女の子の手を引きながら、後ろをよたよたと歩く、さらに小さな男の子に声をかけながら走ってくる。

「いや、出掛けにこいつが、また、色々と注文をつけて……」

先日と同じような言い訳をする雄大に良多は苦笑した。

ゆかりは遅れている小さな男の子の頭を平手打ちした。

「早くって言ってるのに！」

頭を叩かれて男の子は笑っているが、それを見たみどりは驚いていた。少なくともこんな小さな子の頭をあれほどの勢いで叩く母親は、みどりの周りにはいなかったからだ。

すると、雄大に促されて、大きな男の子がみどりと良多に会釈して名乗った。

「斎木琉晴です」

その声は元気に満ちていて良多たちは気押されるほどだった。

それればかりではなかった。すぐに続けて「斎木大和です」とまだおむつも取れないような小さな男の子がはっきりと挨拶した。そして、ゆかりにせっつかれて四歳ほどの女の子が小さな声で「美結です」と言った。

みどりの後ろに隠れるようにしている慶多を良多が前に押し出した。

「ほら、ご挨拶」

「こんにちは、野々宮慶多です」

琉晴ほどではないにしろ、慶多は予想外に大きな声で挨拶ができた。お受験塾のお蔭《かげ》だ、と良多は思った。

「はい、こんにちは」

雄大が挨拶を返す。満面の笑みだ。子供好きだな、と良多は思ったが、その考えを改めた。自分の実の子供に初めて対面しているのだった。単に子供好き、などと思うのは浅はかだ。

「とりあえず、何か食べましょうか？」

雄大はそう言って先頭に立ってすたすたと歩いて行く。おそらくいつも来ている場所なのだろう。

雄大が案内した場所はキッズパークだった。巨大なビニールプールの中に水の代わりに大量のボールが入った遊具や、円筒状のビニールの風船の中に子供たちが入って転がれる遊具などがふんだんにある室内遊技場だ。その脇に軽食コーナーがあるのだった。

軽食だけにフライドポテト、ホットドッグ、ポップコーン、アイスクリームなどしかない。揚げ油の匂いが鼻につく。良多たちはみどりの実家で昼食を済ませていてほっとしていた。普段からジャンクフードは食べさせないようにしているので、飲み物だけにした。飲み物も普段は慶多にあまり飲ませないものばかりだ。ソーダなどいずれも毒々しい色のサンプルがある。果汁百パーセントと謳っているオレンジジュースも、みどりが聞いたことのないメーカーだ。だが合成着色料などが少なそうなのは、それが一番だった。慶多にはそれを頼み、良多とみどりはアイスコーヒーを頼んだ。

一方の斎木家は午後一時を過ぎていたが、昼食は食べていなかったようで、ホットドッグとフライドポテトなど人数を超える量をたっぷりと買い込んだ。さらに全員がコーラを注文した。さすがに一番幼い大和にはオレンジジュースを頼んでいたが、美結にはコーラだった。

「お先に飲み物から」

カウンターの中の店員が大量の飲み物をトレイに載せて差し出した。

すっとゆかりが進み出て、軽々とその満載されたトレイを運ぶ。ついでに自分のコーラをトレイから取って走り出した琉晴を「走るな琉！」と叱り飛ばした。辺りを気にしない大きな声だった。これにもみどりは驚かされた。

「食べ物の方は番号でお呼びします。三番の札で」

店員が差し出した札を良多が受け取ってみどりに渡した。みどりは慶多と二人でゆかりたちの後を追った。

残ったのは大人の男二人だった。

「いつもよりちょっと贅沢《ぜいたく》しちゃったな」

そう言って雄大は照れ笑いを浮かべた。

「六三五〇円になります」

店員が会計を告げた。

良多が財布を取り出すと、雄大が「ここは大丈夫」と良多を押し退《の》けて財布を取り出した。

「領収書ください。宛名は〝前橋中央総合病院〟で」

だから〝いつもより贅沢した〟のか、と良多は密かに嘆息《たんそく》した。

だがそれだけでは終わらなかった。カウンターの上にあったスナック菓子を四つ鷲《わし》掴《づか》みにすると、「これも一緒にして」と店員に手渡した。店員はレジを打ち直して、領収書にその金額も書き足す。

良多はその浅ましさにげんなりした。

良多はスマートフォンをひっきりなしにチェックしていた。キッズパークからの子供たちの騒ぐ声でメールの着信音が聞こえないのだ。今日はコンペの結果が発表される日だった。部下たちが会社でその当否の連絡を待っていて、決まり次第すぐに良多のスマートフォンに連絡をしてくる手筈《てはず》になっている。会社でしなければならない仕事は山積みなのだし、コンペの結果がどうなろうとも部下たちをねぎらうために、食事に連れて行くのは当然だった。だがその役目は波留奈に頼んであった。良多の決裁で領収書を切るように指示してあるが、取り違えの件は、まだ彼女に話していなかった。なかなか二人で話し合える時間を持てなかったのだ。

だが、と良多は思った。それは言い訳でしかなく、彼女がどんな反応をするのか分からずに怯《おび》えてるんじゃないか、と良多はチラリと自分自身に問いかけた。だが、すぐにその考えを否定してかき消した。

良多はスマートフォンを操作するふりをしながら、隣のテーブルでホットドッグを食べている琉晴の横顔を見つめていた。スマートフォンの液晶画面に反射して映る自分の顔と見比べてみる。それほど似ているように思えないのだが、澄ました顔をするとどことなく見覚えがあるような気がする。それは兄ではなかったし、父でもない。だが確かに見たことのある顔だった。

斎木家と野々宮家は隣り合ったテーブルに座っていた。斎木家の子供たちは食べるのが早かった。慶多がジュースを半分も飲まないうちに、琉晴はホットドッグとフライドポテトとポップコーンを食べ尽くして、さらに妹の美結が残したホットドッグを平らげていた。

慶多と比べてみると、琉晴は身長も十センチ近く高かったし、身体も一回り大きくてがっしりしている。斎木家の夫婦はどちらも細身で、体型としてはやはり慶多は華奢で斎木家に似ていた。

「慶多くんは食べ物なにが好きなの？」

隣のテーブルからゆかりが慶多に声をかけた。

「唐揚げ……」

と答えそうになって慶多は気まずそうにうつむいた。

「唐揚げ？」

「ううん。ママの作ったオムライス……」

慶多が慌てて言いなおすのをみどりが止めた。

「いいのよ。もう、唐揚げで」

そのやりとりを見てゆかりが不思議そうな顔をしている。

「お受験をしたんですよ。その対策で、手作りオムライスを」

良多が経緯を説明すると、ゆかりが笑った。良多にはその笑顔が引っかかった。嘲笑しているように見えたのだ。良多はお受験のために慶多にどれだけの投資をしたのかを言って聞かせたいという衝動に駆られたが、抑えた。

ゆかりは慶多にさらに話しかける。

「おばさんもね、唐揚げ大好き。こう見えても料理、得意なんだから」

すると隣の雄大が笑って茶化した。

「それは知らんかったな」

ゆかりは雄大をひじで小突いた。それがかなりの力だったようで、雄大は顔をしかめた。

「なにもここで恥かかせることないでしょうに」

ゆかりの反発を雄大は受け流してみどりに告げた。

「だって餃子《ぎょうざ》くらいしか作んないんですよ」

「あんたが好きだからじゃない。もう作ってやらないから」

ゆかりが今度は雄大の頭を平手で叩いた。みどりは関西の夫婦漫才のコンビのようだ、と思った。

「琉晴くんは何が好きなの？」

みどりが尋ねると、琉晴は弟のポップコーンを奪って口に放り込みながら返事をした。

「すき焼き」

みどりは驚いて良多を見て言った。

「同じなんだ」

良多も、雄大もゆかりも言葉を失っていた。育った環境がまったく違うのだ。好物が同じである必然はない。だがそこに〝血〟を意識せずにはいられなかった。

大人たちの沈黙をよそに、琉晴は残っていたコーラをズルズルと音をたてて飲み干すと、慶多の前にやってきた。

「遊びに行こか」

琉晴の言葉には父親の影響らしく関西の訛りがあった。

慶多は良多の顔色をうかがう。良多がうなずくと、慶多はすぐに琉晴と連れ立って遊具で遊び始めた。

「美結と大和も遊んでやって」

ゆかりが琉晴に声をかける。弟と妹が兄の後を追いかけていく。琉晴は弟たちを遊具に乗せてやったりしている。その脇で慶多はその様子を楽しそうに笑いながら見ている。やがて四人は昔からの友達のように歓声をあげながら遊び始めた。

「子供は早いわね」

子供たちが遊ぶ姿を見ながら、ゆかりがため息まじりにつぶやいた。

良多は琉晴の飲んだコーラに差してあるストローを見つめていた。ストローは噛まれてすっかり潰れてしまっている。食事の時のマナーも決して良いとは言えなかった。テーブルの上は食べこぼしたもので汚れている。

「でも、どれくらい、もらえるんでしょうね、慰謝料って」

唐突に雄大が切り出した。その顔には薄笑いが浮かんでいる。ことの深刻さが分かっていないのではないだろうか、と良多は雄大をはっきりと軽蔑した。

「どうなんでしょう？　今はお金の話をするより大事なことがあるんじゃありませんか？　なぜこんなことが起きたのかってことも分かっていないわけだし……」

良多の口をついて、雄大への反論が溢れだした。今、斎木家との関係が悪くなるのは得策ではない、と思いながらも止められなかった。

「そりゃあ、そうだけど、俺も、それは分かるけど……」

面と向かって批判されて、雄大はしどろもどろになった。

するとすかさずゆかりがぴしゃりと告げる。

「でも、向こうが誠意を形にするって、やっぱり、お金ってことになるんじゃないですか」

正論だった。この現実的な言葉の前では良多の言葉は建前論にしか見えない。

「そうだよ。そういうことになるよねぇ」

雄大がゆかりに同調する。

良多はしばらく考えていたが、ゆかりの目を見つめた。

「そちらの方で、どなたか弁護士のお知り合いはいらっしゃいますか？　そういうことになると、必要になると思いますんで」

みどりは隣ではらはらしながら、良多の言葉を聞いていた。優位に立とうとしている時の口調だった。いや、はっきり言うならゆかりにやり込められた仕返しだ。

ゆかりと雄大は黙り込んだ。良多の企ては成功した。

「じゃ、その辺の話はいったん僕に任せてもらえますか。大学の同期で仲の良いのがいますんで」

良多の誇示するような言葉は挑戦的だった。雄大は返事に困ってゆかりの横顔を見つめた。ゆかりは雄大を見ずに、良多をまっすぐに見つめた。

「じゃあ、お願いします」

ゆかりが頭を下げると、一緒に雄大も頭を下げた。

良多は満足げに会釈で応じた。

「お父さーん」と呼びかける声が聞こえた。

目を子供たちに向けると、琉晴が父親を呼んで大きく手を振っている。

「よ〜し！」

この気まずい空気から抜け出せる口実を見つけたとでもいうように、雄大は張り切って大きく手を振って応えた。コップに残っていたコーラを一気に飲み干してゲップをしながら、子供たちの居る場所に駆けて行った。

良多は雄大が飲んだコーラのストローを見ていた。それは琉晴と同じく噛んで潰れていた。その周りはやはり食べこぼしで汚れている。これは血ではなく環境の要因だ、と良多は苦笑した。

「電話してくる」と良多は席を立った。友人の弁護士に電話をするつもりだった。まずは主導権を握らなくてはならない。やるからには、早いほうが良い。


「似てないのよ、一人だけ」

隣の席で子供たちと雄大が遊ぶ姿を見ながら、ゆかりがぼそりと言った。

みどりは返事ができなかった。

「まさかね……こんな……」

ゆかりの言葉にみどりはうなずいた。

「口の悪い友達にさあ。〝浮気したんだろう〟って言われたことがあるんだよね。ひどいこと言うなって思ったけど、それでも気付かなかった。かえって分からないんだよね、母親は」

ぶっきらぼうであけすけだったが、ゆかりの言葉にみどりは強く共感していた。

「ええ」

ゆかりはみどりと視線を交わした。ゆかりの美しい大きな瞳に哀しみの色があった。

ゆかりはバッグからペンを取り出すと、紙ナプキンに走り書きをした。

「これ私の携帯の番号。相談してよ、なんでも。母親同士じゃないと分からないこともあるでしょ」

ゆかりは良多を意識したらしく、小声になった。

「ありがとう」

みどりは紙ナプキンの数字を確認してから、折り畳んでバッグの中にしまった。

子供たちのいる方から大きな声が聞こえた。琉晴だった。慶多が泣きそうな顔をして琉晴の前に立っている。琉晴が大きなボールを慶多から奪ったようだった。琉晴はテーブルに走って戻ってくると、大和が飲み残したジュースをゴクゴクと飲み干す。

「こら、琉！　なんで慶多くんの取るの！　ブッからね！」

ゆかりが手を上げると、琉晴はネズミのようにすばしこく逃げてしまった。

「気の強いところは私に似てると思ったんだけどね」

ぽつりとゆかりがつぶやいた。

みどりはボールを奪われても何もできずに立ち尽くしている慶多を見ていた。

〝慶多も気の弱いところは私に似ていると思っていた〟とみどりも思ったが、口に出さなかった。

良多が電話を終えて席に戻ってきたからだった。

わずか二時間ほどで子供たちはすっかり仲良くなっていた。少々乱暴な琉晴はあまりにも大人しく対抗してこない慶多を次第に弟のように庇護《ひご》する立場になり始めたのだ。それからはまったく喧嘩もなく、大和と美結が小競り合いをして泣きだすと慶多が慰めたりするという微笑ましい場面もあった。

雄大は一時間ほどつきっきりで子供たちと遊んでいたので、汗をびっしょりとかいていた。慶多もすっかり雄大には心を許しているようだった。雄大が時折発する〝オ〜マイガット！〟を真似するほどだ。

駐車場まで来ると、雄大はポケットに入れていたスナック菓子を慶多に渡して「道中長いから車の中で食べて」と言った。

それを見ながら、良多は密かにため息をついた。その菓子は病院への領収書で買ったものだった。

すっかり寝入ってしまった大和をワゴン車に乗せて、家族も乗り込んだ。野々宮家が斎木家を見送る形になった。

車内の運転席で雄大は、慶多に〝志村けんのアイ〜ン〟をやってみせて笑わせている。助手席では、ゆかりが指を耳に当てて〝電話して〟とみどりにジェスチャーしている。

車が去ってしまうと、すぐに良多がみどりに尋ねた。

「電話しろって？」

「なんでも相談してって言われたの」

良多が不機嫌な顔になった。

「相談？　なんで、上から目線でそんなこと言われてんの？　しっかりしてくれよ。もしかしたら、戦わなくちゃならないんだからな」

「戦う？」

思いがけない言葉にみどりが聞き返す。

「ああ、ちょっと考えがあるんだ」

良多はそれ以上は語らなかった。しつこく尋ねるとひどく苛立《いらだ》ったりするので、みどりも口を閉ざした。

だが不安が胸の中に渦巻いていた。


翌日の日曜日、良多は出社したが、昼休みに中抜けして、友人のオフィスを訪れていた。大学時代にサークルで一緒にバンドを組んでいた男で鈴本《すずもと》という弁護士だった。鈴本法律事務所という彼が代表を務める事務所は、都内の一等地のビルの一室に構えている。やり手の弁護士として有名で、事件があると解説者としてテレビなどでもちょくちょくその顔を見かける。

すでに正式に交渉の代理人になることは依頼していたが、今日は新たな依頼があって急遽《きゅうきょ》訪れたのだ。事前に電話でアポイントメントは取っていたのだが、良多は応接室で二十分ほど待たされた。

いつもの良多なら怒って引き返すところだが、鈴本は大学時代から親交の続いている唯一とも言えるほどの友人だった。とはいえもう二年近く顔を合わせていなかった。

鈴本が「ごめんごめん」と言いながら、応接室に現れた。

「いやあ、ちょっと急に記者会見しなくちゃならなくなってさ」

売れっ子の弁護士のところに持ち込まれる案件はテレビでのニュース種になるような事件が多いのだ。鈴本はがっしりとした体格に長身で、さっぱりした顔の美男だった。学生時代には良多と鈴本を目当てにライブハウスにファンが集まったものだった。

「悪いな、忙しいのに」

良多が鈴本を気づかった。

鈴本は良多の向かいに座ると、いいんだ、と手を振ってから、手にしていた栄養補給系のゼリー飲料を口にした。ゆっくり昼食をとる時間もないようだった。

「こっちは予定通り交渉を進めてるよ。今日も電話してみたんだが、あの織間って弁護士、ダメだな。多分、債務整理ばっかやってるんだろ。話が通じなくってさ」

良多は笑いながら頭を下げた。

「ご苦労をおかけしております」

鈴本が笑ってやり過ごすと、良多は本題に入った。

「今日の相談ていうのは、またそれとはちょっと違うんだ。実はなんとか子供を二人ともこっちに引き取る手段はないかって思ってて……」

鈴本が驚いたようだが、その顔には変化はない。昔から一人落ち着いていて老成していた。弁護士という職業柄、その性質が強化されているようだ。

「凄いこと考えるね」

鈴本にここまで言わせたことに良多は満足していた。

「でも、今さら父親になれるのかね？　その相手の子の」

鈴本には中学二年の男の子と小学六年の女の子がいる。その言葉には重みがあった。

「まあ、とりあえずしばらく手元に置いて、と思ってるんだけどな。血はつながってるんだ。なんとかなるだろう」

鈴本が小さく笑みを浮かべた。

「血か。意外と古臭いんだな、お前」

鈴本の指摘に良多は渋面になった。

「古い新しいっていう問題じゃないよ。父親っていうのはそういうもんだろ」

すると鈴本はさらに笑った。

「それが古いって言うんだよ。ま、お前、昔からファザコンだったからな」

反論しようと思ったが、良多は言葉にしなかった。昔から彼と論争して勝った例《ため》しがない。良多は鈴本に対する唯一の応酬の言葉を口にした。

「バカ」

鈴本は鼻で笑う。

良多は用意してきたノートを広げる。

「ちょっと調べたんだ。イギリスなんかだと親が子供を育てる資格がないと行政が判断すると、子供を引き離して収容するっていうのがあるらしいな」

鈴本が首を振った。

「いいや、それは親が麻薬中毒とか、母親が家で売春を繰り返してたりするっていうケースだな」

「母親はすぐに子供を叩いたり怒鳴ったりするし、父親はまともに仕事をしないで家でゴロゴロしてるみたいなんだけど……」

「いや、その程度じゃ無理だな。虐待とは言えない。親権ってのは強いんだよ」

良多は引かなかった。

「それ相応の金を払って引き取るのは構わないわけだよな。相手が納得しさえすれば」

「でも納得しないだろ。無理に交換しなくてもいいんじゃないの？」

鈴本の言葉をさえぎって良多は言い募った。

「提案してみるのは構わないか？　僕から折を見て」

鈴本は諦めたようで、ため息まじりにうなずいた。

「相変わらず強引だな。確かにそれを止める権利は俺にはないけどさ」

やる気に満ちた顔をしている良多を見て、鈴本は首をかしげた。

「どうかなあ……。まず、お前にやってもらいたいのは、病院との戦いだよ。その家族と協力して、民事の訴訟を一緒に戦っていただきたいんですがね、弁護士といたしましては」

良多は、鈴本の返事をゴーサインと捉えた。議論では鈴本に勝てないかもしれなかったが、良多には行動力があった。それがたとえ強引だとしても強い武器であるのは間違いなかった。

あとはタイミングの問題だけだ、と良多は思った。

6

病院が主催する合同食事会は毎週土曜日に定期的に行われることになった。

コンペにも勝利をしたし、引き継いだプロジェクトも軌道に乗った感があり、良多の仕事は落ち着いてはいたが、毎週土曜日に丸々一日休むためには、かなり無理をしなければならなかった。それでも仕事を理由に参加しないわけにはいかない。

都内での食事会ならば、午後からでも出社できるのだが、斎木家に幼い子供がいることを考えれば、群馬寄りの場所を選ばざるを得なかった。

年内に二回目と三回目の食事会が催され、新年早々の一月五日に埼玉のファミリーレストランで四回目の食事会が開かれた。斎木家と野々宮家に、病院側は秋山と弁護士の織間、そして今回は鈴本が同席している。

ロブスター料理がメインのレストランで、店内にある大きな水槽でたくさんのロブスターが飼育されている。食事を終えると、子供たちは水槽の見学に出て行った。

食事をしている部屋はパーティールームで完全な個室にはならないものの、他の客の視線はさえぎられている。

「どうでしょう？」

織間が子供たちが水槽に行ったのを見計らって口を開いた。ほぼ全員が食事を終えているが、雄大だけがロブスターの爪の身を掘り出すのに夢中になっている。

横のゆかりに突つかれてようやく爪を皿に置いた。

「もう四回目になりますし、そろそろ一度、宿泊を試してみてはいかがでしょう？子供は馴れるのは早いもんです。ご両親も一日延びれば、一日分辛さが増すと思いますので……」

織間の言葉を鈴本が制した。

「その段階に進むのはやぶさかではないんですが、そのことと、示談の話は別の問題ですからね」

織間は鷹揚《おうよう》にうなずいた。

「ええ、それはもちろん。どうですかね、斎木さん」

織間が改めて雄大に問いかける。

またロブスターの爪の身を気にしていた雄大は慌てて顔を上げた。

「ああ、まあ、でも、その、こうやって会ってるのも、それはそれで楽しいなって思ったりしますけど……なあ」

雄大はゆかりに同意を求めた。

ゆかりは雄大を無視して鋭い視線を織間と秋山に向けた。明らかに不愉快そうだ。

「四回目だからどうだ、とかそういうマニュアルでもあるんですか?」

「そりゃそうやな。四回会ったから、ハイ交換、なんて機嫌悪いわ」

雄大はすぐにゆかりに迎合する。

織間はゆかりの言葉を軽くいなした。

「思いのほかうまくいくかもしれませんよ。なんせ血がつながってるわけですから。お泊まりして一緒の時間を長く過ごすと、実感できるかもしれません。そうなると今お感じになっている抵抗は減っていくと思うんです」

織間の言葉には田舎弁護士なりの経験にもとづく説得力があると、良多は思った。

ちらりと横にいるみどりを見ると、蒼白な顔をしてうつむいている。

するとゆかりが反論した。

「大和や美結たちもいるから急ぎたくないんですよ」

ゆかりの言葉に全員がうなずいた。

「せや、急ぎたくないなあ」

雄大がまるで冗談のようにとぼけた声を出した。

「こういう時にふざけないで」

ゆかりは小さいが鋭い声で雄大をたしなめるが「空気を和ませよう思って」と雄大は言い訳をしている。

そのやりとりを無視して、織間が良多に目を向けた。

「野々宮さんはいかがでしょう？」

「とりあえず週末だけってことで始めてみますか。土曜日に一泊するとか」

みどりは良多の言葉に身体を震わせた。だが何も発言はしなかった。

「バババババ」

突然、琉晴が部屋に飛び込んでくると手にしていたロブスターの爪を銃に見立てて、部屋にいる大人たちに満遍なく銃弾を浴びせた。

大人たちは一斉に「う〜ん」「やられた」などと言いつつ撃たれたふりをした。特に雄大はテーブルに突っ伏して唸《うな》り声をあげている。だが良多だけは小さな反応しかしなかった。良多は弾を避けたのだ。

琉晴は倒れない良多に狙いを定めて「バババ」と撃とうとしたが、ゆかりが怒鳴った。

「大事な話してるんだからあっち行ってなさい！」

琉晴はすぐに引き揚げていった。

そこに入れ替わりに大和がやってきて、やはり手にしていたロブスターの爪の拳銃で大人たちを撃っていく。

「パンパンパン」

またも大人たちは撃たれてのけぞったりした。良多が隣を見ると、みどりはうつむいたまま身動きもしなかった。何かを拒絶するかのように身体を硬くして。

ピアノ教室は全国展開しているものの一つで、駅前のテナントビルの一角にあった。慶多を教師に引き渡すと、みどりは控室で待つことになる。ガラス越しにレッスンを見学できるので、いつもは雑誌を見ながら、時折慶多の様子を見ているのだが、今日のみどりは心ここにあらず、という様子だった。雑誌も手に取らず、慶多に注意も向けない。レッスン中に慶多がみどりを目で探したが、それにも気付かずに壁の一点を見つめて身じろぎもしなかった。

やがてみどりの身体から力が抜けた。顔を覆って泣き崩れる。自分で泣くのを止めようと思ってもできなかった。いったん堰《せき》を切って溢れだした涙はとめどなく流れ、次第に嗚咽が漏れだした。もう自分で自分がコントロールできなかった。

少し離れた場所で子供のヴァイオリンのレッスンを待っていた女性が、みどりの異変に気付いて声をかけたが、みどりはやはり泣き止むことができなかった。

マンションへと向かう上り坂を、みどりは慶多と手をつないで歩いていた。みどりの目にもう涙はない。慶多の手の温もりが心の中の陰鬱を少し軽くしてくれている。だがそれがどこかに消えていってしまうことはない。

「ピアノ、楽しい？」

みどりに尋ねられた慶多は少し考える顔になった。

「無理して続けなくてもいいんだよ」

慶多はそう言われて一瞬、顔を輝かせた。やはりピアノは楽しくはないのだ。だがすぐに慶多は顔を曇らせた。

「でも、パパが……」

お受験の時に、勉強以外の習い事をした方がいい、と塾に言われ、良多はすぐにピアノを習わせろ、と言った。良多自身も小学四年生までピアノを習っていたが、家の都合で止めた。〝息子でリベンジ〟という気持ちがあるのではないか、とみどりは思っていたが、良多はみどりと違い音感がある。学生時代に夢中になっていたギターの弾き語りはプロ並みの歌声で、付き合い始めたばかりのみどりはすっかり魅了されたものだった。

つまりピアノは慶多が始めたがった習い事ではなかった。そして今となっては慶多のピアノの上達が遅いことは、良多にとって特別な意味があることなのだろう、とみどりは思った。

「パパも怒ったりしないよ」

止めたいと言えば、今の良多なら簡単に諦めるだろう、とみどりには思えた。

だが慶多は首を振った。

「でも、やっぱり、いいや。パパ、喜ぶからね」

慶多が急に大人びて見えた。

「発表会の時かあ」

慶多が初めての発表会で課題曲をほぼノーミスで弾き終えた時、良多は珍しく大喜びして、その晩にはあまり飲まない酒を飲んで、慶多と何度も何度も繰り返し、連弾したことをみどりは思い出した。

「あの時は凄い褒めてくれたよ」

慶多が誇らしげに言って笑顔でみどりを見つめる。

「そうだね。もう少し続けてみようか」

「うん」

慶多の笑顔にみどりはまた少し気分が軽くなるのを感じた。だがすぐにその気分も塗り潰されてしまう。

明日の土曜日は慶多が斎木家に初めてのお泊まりをする日だった。

その夜、良多は早く帰宅していた。出先から直帰したので、六時少し前には家に帰り着いた。

みどりの手作りの料理を食べて、風呂に入ってすっかり寝る支度を終えたのに、まだ七時半だった。

「ゲームでもしようか」

普段なら決して言わないことを良多が言い出して、カーレースのゲームを始めた。もちろん良多がこのゲームで本格的に遊ぶのは初めてだった。だが面白くて良多の方が夢中になってしまった。

「ああ、ダメだ！　全然ダメだ～」

思わず良多が大きな声を出した。操作していた車がスリップして崖から転落してしまったのだ。

隣でコントローラーを操作している慶多はキャッキャッと大喜びしている。

パパの車を追い越した上に一位でゴールすることができたのだ。

その様子を笑って眺めながら、みどりが慶多のお泊まりの支度をしていた。パジャマ、歯ブラシ、お気に入りの本、丸めて持ち運びができる練習用の小さな電子ピアノ……。

自分の関知できないところで使われるもの。しかもただの旅行とも違う。手を止めて物思いに沈んでいると、みどりのスマートフォンが鳴った。発信者を見ると、ゆかりだった。

「明日はよろしくお願いします。うん。そうそう。私もそう思って。慶多はおそばは大丈夫。あー、でも、お刺身は食べさせてないの。琉晴くんは苦手なもの……。あ、そうなんだ。偉いね。好きなのは？　フフ。カニカマ、うん、マヨネーズ。うん、分かった」

明日の時間を確認して電話を切った。

ゆかりは昼には子供たちが好きなおそばとマグロのカルパッチョのサラダ、夜は餃子を考えていたという。一方の琉晴は好き嫌いはまったくなく〝与えればなんでも食う〟とゆかりが言った。ただ特別に喜ぶのはカニカマのマヨネーズ和え、だそうだ。しかも〝本物じゃなくて安いニセモノのカニが好きだから〟とゆかりはみどりを笑わせた。

短い電話だったが、ゆかりと心を通わせられたような気がして、少し楽になった。

良多はカーレースのゲームをやめて、すごろくスタイルのゲームに切り換えた。これならゲームをしながら、さりげなく会話ができる。

「あのさあ……」

良多は切り出した。

「うん……」

慶多は画面に見入っているが、返事をする余裕がある。

「明日の朝は十時には出かけような」

明日、琉晴の家に行くという話はみどりがすでに伝えてあった。

「うん」

やはり画面を見ながら返事をする。この方がショックを受けずに受け入れてくれるような気がした。

「あ、白の番だ」

次は慶多の番だった。慶多が終えるのを待ってからなるだけ自然に聞こえるように告げた。

「明日は、それで、そのまんま琉晴くんの家にお泊まりしておいで」

「……うん」

慶多の表情に不安がよぎったように見えた。

「大丈夫？」

「うん」

慶多はやはり画面を見ている。ゲームを止めさせてしっかりと気持ちを聞いた方がいいのだろうか、と思った。だが慶多は同意している。それを壊して怯えさせることもない、と思いなおした。

「これは慶多が強くなるためのミッションなんだ」

「うん」

慶多の顔をちらりと見る。返事はしているが、その顔には何も表れない。

「ほんとに分かる？ ミッションっていうのは、慶多が強くなって、大人になるための作戦みたいなもの」

「うん」

おそらく、と良多は慶多の顔を見ながら思った。すべてを言葉で理解させることなど不可能だ。実際に動いてみることで、子供は受け入れていくものなのだ。

翌朝は十時を少し回ったところで、ようやく出発することができた。原因はみどりだった。前夜にしっかりと良多が釘《くぎ》を刺したはずなのに、朝から何度も涙をこぼして、トイレにこもったりして、すっかり遅れてしまったのだった。良多は慶多への影響も考えて強く言うこともできずに、早めに出る予定が、ずるずると遅れてしまったのだった。

前橋のインターを降りたのは昼を少し過ぎた頃だった。ちょうど二時間かかってしまった。バックミラーでちらりと後部席を見ると、慶多は熱心にピアノの練習をしていた。その隣でみどりが涙を浮かべながら、慶多の頭を撫でている。愛おしそうに。頭を撫でる回数が前橋に入ってから頻繁になっていた。

良多はみどりの感傷的な気持ちが慶多に伝染してしまっては困る、とはらはらしていたが、口を開けば強い口調になってしまいそうだったので、黙っていた。

カーナビの指示する通りに畑の中の一本道を直進していく。農閑期《のうかんき》ということもあって畑に人の姿もなく、人家もまばらでひどく寒々しい景色が続いていた。大きな構造物は送電線を支える鉄塔ばかりだ。

それでも車を進めて行くと、次第に人家が増えて市街地の装いになってきた。

「〝目的地に到着しました。音声案内を終わります〟」

カーナビが告げる。

運転していた良多が左側に現れた家とカーナビの地図を見比べて、この先にある店がまちがいなく〝つたや商店〟であることを確認した。

するとの前の通りに子供の姿があった。琉晴だ。

コマを回していたが、良多の車を見つけると慌てて家の中に駆け込んでいった。

つたや商店の外観を見た良多は、あまりに古ぼけた様子に辟易《へきえき》して、独りごちた。

「おいおい、これはいくらなんでもちょっと……」

外壁は白いペンキで塗られていたが、日に焼けており、ところどころペンキが剥げて下地が剥き出しになってしまっている。もう何年も手入れをしたことがないのだろう。電飾の類もまったくなく、つたや商店という看板がなければ、倉庫か何かのように見えてしまう。最近描き足したと思われる虹の模様がそこだけ妙に新しく逆にみすぼらしく見える。

ガレージが隣にあってそこに見覚えのある軽自動車が停めてある。

良多は車を店の前に停めた。

すると出入り口のサッシが開かれて、雄大とゆかり、そして子供たちが姿を現した。

良多たちも車から降りて、斎木家と向き合った。

「こんにちは」

またも大きな声で挨拶をしたのは琉晴だった。

慶多も良多に促されて、挨拶をする。

長居は無用だった。

「それではよろしくお願いします」

良多はそう言うと、慶多を雄大に引き渡した。雄大とゆかりはすぐに慶多の肩に手を回して家の中に連れて行く。

琉晴も「後ろに乗って」と良多に言われるままに、自分でドアを開けて乗り込んだ。泣いたりして騒ぎになるのではないか、と心配したのだが、スムーズだった。

泣いているのはみどりだけだ。必死に泣くのを堪えてはいるが、明らかに泣き顔になっている。

みどりは少し迷ったようだが、助手席に座った。

車が発進する。みどりはサイドミラーで後方を見た。すると、家の中から慶多が走り出してきた。みどりが「あ」と小さく声を立てた。

慶多は悲しげな顔で走り去る車を見送っている。その後ろからゆかりと雄大が現れて、車を心配そうに見送っていたが、やがて慶多を家の中に連れて行った。

東京までの車中、琉晴は実に楽しそうだった。一人で延々とゲームに興じていて、ミスをしたりすると「オ～マイガット！」と父親譲りの間違った英語を大きな声で言って良多たちを驚かせた。良多やみどりが話しかけることにも、短い言葉で答える。すねている風でもない。ゲームに集中しているようだ。

だがみどりが「お腹が空いていない？」と尋ねると、「ハンバーガー食べたい」と元気に言った。

良多は高速のサービスエリアに立ち寄って、三人でハンバーガーとジュースの昼食をとった。琉晴は食べるのが早かったが、食べこぼしも多かった。そして、コーラのストローは噛み潰していた。

慶多はお昼のそばは食べたが、アジのフライは半分も食べられなかった。

昼食を食べ終えると、大和と美結とテレビを見ながら遊んでいたが、三時のおやつを食べると二人とも眠ってしまったので、慶多は家の中を探検していた。

部屋はいくつもあってすべてが畳の部屋で、祖母の里子の家に似ていたが、どの部屋も物が溢れていた。だが散らかっているという印象はなく、新聞にしても衣類にしてもきちんと畳まれて積み上げられている。

慶多は外にも出てみた。家の周りをぐるりと壁が巡らせてあって、家との境に子供たちの砂遊びのおもちゃやパンクしたボールなどが落ちている。裏庭は少し広かったが、雑草が生えていてやはり壊れた三輪車などが放置されていた。

なかでも慶多の興味を引いたのは犬小屋だった。手作りのものではなく、プラスティック製の古いものだ。元々は白かったのだろうが、風雨にさらされて茶色にすすけている。犬小屋の中を覗くと、これまた砂場用のおもちゃが詰め込まれていた。

犬はいないし、犬の匂いもしない。ただ犬小屋には「ちゅうじ」とサインペンで書かれていた。

それはこの家で育ったゆかりが中学生の頃に飼っていた雑種犬の名前だった。実際には〝ちゅうじ〟なのだが、ゆの字が大きくなってしまったのだ。

ちゅうじは捨て犬だったために年齢不詳だったが、十年以上も生きて、この家に琉晴が生まれた年に亡くなっていた。ゆかりはちゅうじが琉晴を守って亡くなったんだ、と言ってこの犬小屋を決して処分しようとしなかった。

この犬小屋ばかりではない。家の中が物で溢れているのは一つにはゆかりに原因があった。一つ一つの物に思い出があり、なかなか捨てられないのだ。琉晴が使っていた三輪車は後輪が回らないのだが、美結、大和と乗り継いできたものだけに、愛着があって捨てがたかった。ゆえに今も大和が無理をして乗っている。

もちろん経済的な事情もその理由ではある。

慶多は雄大の〝仕事場〟にも行ってみた。慶多は〝仕事〟とは、なによりも大切なものだ、と教えられていたから、近づくのが怖かった。叱られる、と思った。

だから〝仕事場〟への入り口のサッシのガラスからそっと中を覗いてみた。

そこにはスチール製の机が一つあって、その上には慶多が見たこともない機械がたくさん置いてあった。

その机を囲むようにスチール製の棚が並んでいて、たくさんの電気部品が収められている。そこは店舗も兼ねているのだが、倉庫のようだった。

机の上で何か〝仕事〟をしていた雄大が、慶多が覗いているのに気付いて手招きをした。雄大の顔には〝仕事〟の怖さはなかった。満面の笑みがあった。

慶多はそれでもためらっていたが、「おいで」と雄大が何度も手招きをしているので、サッシの引き戸を開けた。

「あのさ、スパイダーマンてクモだって知ってる?」

慶多の顔を見ると、雄大はいきなり尋ねた。

「ううん」

慶多が首を振ると、雄大は楽しそうに笑った。

慶多は雄大が仕事をしていないことに気付いた。机の上に広げていたのは新聞だった。

通りに面した出入り口のサッシが引き開けられて、人の入ってくる気配がした。

「ドクター、寒いなあ」

入ってきた大柄な男は長髪のブラジル人だった。この近辺には大規模な工場がいくつかあって工場勤務の外国人が珍しくない。

「おうナベさん、元気かい？」

雄大は〝ナベさん〟と呼んだが、本名は知らない。一度聞いたのだが、長すぎて覚えられなかった。日本人の奥さんの旧姓がワタナベだったと聞いて以来、彼の名前はナベさんになった。

「元気よ」

ナベさんは、片言ではあったが、ほとんどの日本語を解する。

慶多は驚いてその外国人の巨体を見つめていた。

「慶多くん、寒いから、そこ閉めて」

雄大に言われて、慶多は後ろのサッシを閉めた。

「何？」

雄大がナベさんに尋ねる。

「電球、買いに来たの、トイレ」

「トイレか、六十でええかな」

雄大は立ち上がって棚の前で手を伸ばした。

「ＬＥＤにしとく？　もう交換しなくても済むよ。省エネだし」

雄大が手にしたのは一つ三千八百円もする電球だった。

ナベさんは慌てて手を振る。

「そんなに明るいのにしたら、ションベン出なくなっちゃうよ」

お互いに冗談だと分かっているのだ。顔を見合わせてガハハと笑いあう。

「便所じゃ四十ワットでいいか。百九十円」

雄大が棚から取って手渡すと、ナベさんはポケットから小銭を取り出して、雄大の手に渡した。

雄大は机の上の手提げの付いた小さな金庫に金を入れて、お釣りを取り出した。

「ドクター、来週の日曜日、空いてない？　朝、六時」

ナベさんの誘いに雄大は首を捻った。

「まだ野球やってんの？　体力あるね、その歳で……」

サッカー大国のブラジルからやって来て、野球のルールもまるで知らなかったのに、必死で習い覚えたのだ。郷に入りては郷に従えを実践している。

ナベさんの年齢はいくつだろう、と慶多は思った。身体の大きさにもびっくりしたが、その長髪やオレンジやブルーが入り交じったド派手なジャージ姿も初めて見た。

「ドクターにピッチャーやらせるから、来てよ」

「無理だよ。俺、ひと足先に五十肩が来ちゃってさ。肩がこっから上に上がんないからさ」

「まだ若いのになあ」

日本人のような返答をするナベさんに雄大がお釣りを渡した。

「ナベさん、がんばってよ」

「うん、じゃ、また！」

「ありがとうね」

ナベさんは、手を上げて帰って行った。

慶多はナベさんと雄大が〝ともだち〟だと思った。ふざけて大きな口で笑っている。それはとても不思議だった。大人には〝ともだち〟はいないもの、と思っていた。ママにもパパにも〝ともだち〟がいなかったからだ。

その時、台所の方から大和の大きな声が聞こえてきた。ジューという音に続いてニンニクの匂いが漂ってくる。

するとトントンと階段を降りてくる足音がした。店舗の奥に階段があって二階に通じている。そこはゆかりの父親である宗蔦《そうたつ》の部屋がある。腰も曲がっているし、高齢に見えるが、まだ七十になったばかりだ。妻には十年前に先立たれている。

「餃子かな」

ぼそりとつぶやいたものの、その声はどこか楽しげだった。

「餃子ですよ」

雄大が答えると、いそいそと台所に向かう。

慶多は宗薦のあとについていった。

台所ではゆかりが餃子を焼いている。その足元には大和と美結が座っていた。ゆかりが指を折りながら子供たちと一緒に数を数えていた。餃子の焼き上がりの時間をカウントしているのだった。

「十五、十六、十七、十八……」

大和も美結も大きな声で一緒に数えていたが、大和が十八まで来ると脱落してしまって美結にちょっかいを出して喧嘩を始めた。

慶多にはあまりにも賑やかすぎる調理風景だった。いつもはママが静かに黙って食事を作っている。大抵その時間、慶多はピアノの練習をするか、時折ゲームをさせてもらえた。

慶多が驚いて見ていると、ゆかりが慶多を見てにっこり笑ってウィンクをしてくれた。慶多にはウィンクの意味が分からなかったが、ママに会いたくて悲しくなりかけていた気持ちが少し楽しい気分になった。

夕食の風景は、慶多をさらに驚かせた。丸いテーブルを全員で囲んで食べるスタイルはお昼に経験済みだったが、テーブルの上に置かれているのはジュースとコーラとビールだけだった。それにしょうゆがたっぷりと入った小皿。

家では麦茶かミネラルウォーター以外のものは飲ませてもらえなかった。しかもここでは、ご飯の前なのに子供たちは「いただきます」も言わないでゴクゴクと飲んでいる。もちろん慶多の前にもオレンジジュースが用意されている。

さらに「餃子！　餃子！　餃子！」と、子供たちではなく雄大と宗萬が大声でテーブルを叩いているのだ。子供たちもそれを真似る。慶多の家では絶対禁止の〝おふざけ〟だ。

「はい、お待たせ～」

そこに台所からゆかりが特大のお皿を手にして現れた。皿には優に五十個、餃子が盛られている。ドンとテーブルに置かれると熱気とともに餃子の香ばしい、いい匂いが鼻をくすぐる。

「いただきます」

そう言ったのは雄大だけだった。子供たちもゆかりも宗萬も、黙ったまま、まだ熱いはずなのに、しょうゆをたっぷりと付けてもぐもぐ食べている。

慶多は呆気《あっけ》に取られていた。家では自分が食べる分を皿に取り分けてもらっているのだった。しかも、誰も白いご飯を食べていない。餃子だけを食べるのだ。

焦って食べた雄大が熱かったらしく、「ゲホッ」とむせて口の中に入っていた餃子をテーブルの上にまき散らした。

家にパパがいる時にそんなことをしたら、ご飯は食べさせてもらえないし、凄く怒られる、と慶多は身構えた。

しかし、みんなが笑っている。まるで雄大が手品でも披露した、とでもいうように、楽しそうだ。

みるみるうちに大皿の餃子は減っていく。

「ほら、早く食べないと、なくなっちゃうよ」

ゆかりが笑顔で慶多に言った。

慶多は猛烈にお腹が減っていることに気付いた。恐る恐る箸を伸ばして、一つをつまんだ。しょうゆに付けて口に運ぶとおいしい。ニンニクとニラの匂いが口に広がって家で食べる餃子よりも強い味だったが、それはとてもおいしかった。

慌てて口に残りを押し込むと、すぐに次の一つに手を伸ばす。

ゆかりがその様子を見て嬉しそうに笑っていた。

良多の家の夕食は必ずしも順調には進まなかった。献立は琉晴が好きだ、と言っていたすき焼きだった。霜降りの良い肉を大量に仕入れたが、その調理法が問題だった。

ダイニングテーブルの上で、すき焼き鍋にザラメを溶かして、その上に肉を焼いてしょうゆを振り、焼きたてを溶き卵に付けて食べる。良多が好きな京都風のすき焼きだ。

琉晴はずっとご機嫌だったのだが、この時は表情が曇った。

「これ、すき焼き、ちゃう」

お鍋の中に白菜や白滝やネギと一緒に肉を入れてグツグツ煮て食べる関東風のすき焼き鍋を琉晴は食べたがっていたのだ。

すき焼きなんだから焼くのが正しい食べ方だ、と良多が大人げない反論をしたものだから、ますます琉晴はへそを曲げて、食べないと言い出したのだ。

だがみどりが「焼き肉だと思って食べてみて」と、とりなすと、どうにか機嫌を直したのだ。

「溶き卵に付けるとうまいよ」

良多が誘う。焼けた肉をみどりが皿に載せると琉晴は箸で肉をつまんで口に運んだ。

「アチチ」

慌てて口に運んで火傷しそうになった。

「うまいだろ？」

笑いながら良多が尋ねる。

「まだ食べてない。熱いから」

「ああ、そうだな」

これには良多も笑ってしまった。

息を数回吹きかけて、冷ましてから琉晴が肉を口にした。

もぐもぐとあっという間に大きな一切れを食べてしまった。

「おいしい」

琉晴が満面の笑みで言った。それはこれまで味わったことのない味だった。琉晴は
みどりが焼き上げるそばから、さらうようにしてバクバクと食べ始めた。

良多とみどりは密かに視線を交わして安堵の笑みを浮かべた。

優に二人前を平らげると、ようやく琉晴は落ち着いたようだった。みどりが野菜を
煮る間に、良多は気になっていたことを、琉晴に告げた。

「ちょっといいか、琉晴くん」

良多は琉晴の隣に椅子をずらすと、並んで座り、琉晴の前で箸を持って見せた。

「琉晴くんのお箸の持ち方がちょっと違う」

確かに琉晴は握り箸に近い持ち方をしていた。みどりも気にはなっていた。

「見てて、こう持つんだ」

琉晴に良多は箸の持ち方を見せる。

琉晴が反発するのではないか、とみどりは心配したが、大人しくうなずきながら教

わっている。

だがなかなかうまく持てない琉晴を見かねて、良多は琉晴の手を握って持ち方を指導している。

みどりは痛みにも似た強烈な違和感を覚えていた。

今までに一度でも慶多に箸の持ち方を教えたことがあっただろうか？　しかもあんなに丁寧に、手を取って……。

みどりの顔から血の気が引いていった。だが琉晴も良多も気付かなかった。


それからも琉晴が食事中に「コーラ飲みたい」と言い出して、困ったみどりが買いに行こうとしたが、良多が「家ではコーラは飲ませない」と断言すると、しばらく膨れ面をしていたものの、結局琉晴が聞き入れた。

腕白で気も強いのだが、そこはやはりまだ六歳だった。


琉晴は風呂に一人で入るのは初めてだ、と言った。だがそれは決して嫌そうではなく、むしろ嬉しそうだった。いつもは父親と弟妹と一緒に入っているのだ、と言った。

琉晴は風呂にたくさんある慶多のおもちゃで遊んですっかり長風呂になっていた。風呂の中で見つけた箸と野菜のおもちゃで、良多に習った箸の使い方を復習していたのだった。

琉晴が風呂に入っている間に、良多は一人で書斎にいた。それはもう何年も取り出したことのないものだった。実家からこの家に持ってきた唯一のものと言っていい。パスポートだった。このマンションに引っ越してきた時に、荷物の整理をしながら、このパスポートだけはデスクの引き出しの奥にしまい込んでいた。

そこには数枚の写真が挟まっていた。自分が幼い頃のスナップ写真だ。まだ家に余裕があった頃の遺物。失ったものがそこにだけは存在する写真。いつも同じ笑顔で写っている母親。その中の一枚を選び出した。まだ小学校に上がる前の自分の姿。永遠の夏の中で虫とり網を持ち、麦わら帽子を被ってニカッと笑い続けている自分。その写真と琉晴の写真を見比べてみる。

似ていた。驚くほどに似ていた。あの日、前橋のショッピングセンターで、初めて琉晴の顔を見た時に、誰か似ていると思ったのは自分のこの写真だった。

当然と言えば当然だろう。だが良多は興奮していた。離れて暮らしていても、その容貌が酷似してくる〝血〟の強さに。

それは恐らく容貌だけではないはずだ。その精神構造にまで影響を与えないはずはない。

良多はすき焼きの件で強く自分の意見を主張した琉晴の姿を思い出していた。

琉晴は慶多の代わりにベッドで良多とみどりに挟まれて寝た。琉晴は柔らかすぎるベッドを気持ち悪がったが、それもわずかな時間だった。すぐに吸い込まれるように眠りに落ちた。平然として見えたが、琉晴も気疲れしているのだろう、と思った。その隣で身を横たえながら、みどりは慶多のことを思った。泣いていませんように、と祈るような気持ちになった。

慶多は泣く余裕もなかった。家族五人が六畳ほどの部屋に敷きつめた布団の上で重なり合うようにして寝るのだ。布団は硬いし、掛け布団は重かった。それに真っ先に寝てしまった雄大が盛大にいびきをかいてうるさい。

それでもゆかりが隣に寝てくれたお蔭でようやく少し安心して眠りに就けた。母親の顔は思い出さないようにしていた。

だが、慶多は夜中に目が覚めてしまった。

トイレに行きたくなったのだ。しばらく、ここがどこなのか分からなかった。布団に入り乱れるようにして寝ている雄大たちを見て、心細くなる。でもおしっこは我慢できないほどで苦しい。慶多は布団から起きて、閉じていた障子を開けた。

そこは真っ暗闇の世界だった。慶多はしばらく迷っていたが布団に戻るしかなかった。

「どうした？　慶多くん、おしっこ？」

ゆかりが声をかけてくれる。慶多がうなずくと、ゆかりがにこりと笑った。ゆかりに付き添ってもらって慶多はようやくトイレに行けた。ゆかりはトイレのドアを開けっ放しにしてくれる。

「おばさんも小さい時、恐くてお父さんに付いてきてもらって、ここの戸開けたましてたんだから」

そう言ってゆかりは笑った。

翌朝、一番の早起きは宗蔦だった。まだ暗いうちから起きて、少し空が白み始めると、パジャマにはんてんを着て、店の前の掃除を始め、打ち水をする。毎朝のことだ。雨が降っていてもやることがある。ここ数年、時折軽い認知症の症状が出ている。

次に目覚めるのはゆかりと雄大だった。ゆかりが朝食の用意をし、雄大が茶碗《ちゃわん》の支度をして、お茶を淹れる。それが終わると雄大は新聞をじっくりと読み始める。

塩鮭と納豆と味噌汁《みそしる》とご飯。それが朝食だった。時間がある時には漬け物も用意するが、パートがある日はそこまで手が回らない。

支度を終えると、ゆかりはご飯を仏壇用の仏飯の器に盛りつける。母親が亡くなってからの十年、毎朝の日課だ。朝のおつとめをしてから子供たちを起こす。ゆかりたちの寝室は仏間も兼ねているのだ。

子供たちを起こすのは、ゆかりの好きな時間だった。まだまどろんでいる子供たちが、寝ぼける姿が可愛くて仕方がない。それをあの手この手で少しずつ機嫌良く覚醒させるのが、楽しかった。

だが、その日は、部屋の前で足が止まった。部屋の中で慶多が一人目覚めていた。一人で起き出して、障子に開いた穴から外の景色を眺めている。

その後ろ姿がなんとも寂しげだった。

ゆかりには慶多の気持ちが想像できた。目覚めて母親がいないことに気付いて寂しくなっているのだ。窓の外の遠くにいる母親の姿を追い求めている。

きっと琉晴も東京で目覚めて心細い思いをしているだろう、と考えると胸を締めつけられるような思いがした。

「慶多くん」

ゆかりが声をかけると、慶多が振り向いた。泣いているのではないか、と思ったが、泣いていなかった。その大きな目でゆかりを見つめている。

「これ仏壇にあげてきてくれる？」

慶多は黙ってゆかりの前にやってくると器を手にとって仏壇に供えた。

「チンしていい？」

慶多の言葉がゆかりには意外だった。東京の良多のようなエリートの子供は仏壇もあまり見たことがないだろう、と思い込んでいた。

「お願い」

そこにあくびをしながら雄大がやってきた。

慶多は仏壇の前に正座して鈴《りん》を鳴らした手を合わせた。

「あら、やったことあるんだ」

雄大も意外そうに慶多に問いかけた。

「うん、おばあちゃんちで」

雄大は得心がいった。良多は都会のエリート然としていたが、みどりはどこか垢抜《あかぬ》けずに見えた。実家が前橋だ、と聞いて合点がいったものだ。まだ田舎の匂いを身にまとっているのだ。それが雄大には好ましく思えたのだが。

雄大が仏壇前に座ると、大和と美結も起き出して並んで座った。その後ろにゆかりも正座する。

雄大が鈴を鳴らすと、全員が揃って手を合わせた。

「ばあちゃん、慶多です。よろしくお願いします」

雄大がゆかりの母親に報告する。十年前に彼女が亡くなった時には、まだ雄大はこの家にはいなかった。雄大の生まれは滋賀だった。専門学校で名古屋に出て、自動車整備工やペットショップ勤務を経て、料理屋を開いたこともある。だが結局潰してしまい借金を抱えた。流れ流れて、群馬の地にたどり着き電気メーターの検針員の職を得たのだった。波瀾万丈の人生でバツイチでもある。

　前橋にやってきて二年後に、検針で訪れた斎木家で、十五歳近く年下のゆかりと出会い、そして結ばれたのだった。

　ゆかりは地元でも有名な美人で、高校時代には彼女が乗る前橋大島駅発、午前八時の電車だけがゆかり目当てで乗り込む男子学生で異様に混むという前代未聞の事態を起こした。ゆかりは少々グレ気味だったにもかかわらず、〝両毛線の君〟という典雅な通称が近隣には知られていた。卒業後は保育士の資格を取ったものの前橋市内の印刷会社で事務の仕事をしていた。もちろん言い寄る男は数知れずだった。だが彼女には不思議と浮いた噂がなかった。なのに唐突に〝流れ者〟の雄大を婿にして結婚してしまい、周囲をあっと驚かせたのだ。しかも立て続けに三人の子持ちとなった。

　どう見ても風采の上がらない雄大のどんなところが良かったのか、とゆかりの昔からの知り合いは必ず訊《き》いた。するとゆかりは「素人なのに電気工事がうまかったから」と面倒くさそうに答えるのだった。

二人の出会いはユニークだった。ＯＬだったゆかりが休日に故障したゲーム機を直そうと、父親の作業机ではんだごてを手に格闘していると、そこにやってきた検針員の雄大が手助けしたところから始まっていた。もちろんただの検針員だから電気の知識があったわけではない。子供の頃から機械いじりが好きで上手だっただけだ。

それ以来、ゆかりは月に一度の検針を心待ちにするようになった。

雄大は朝から、のんびりしていた。朝食を食べ終えても、出かける風もなく店の掃除をするでもなく、机の上に新聞を広げてラジオを聞いている。日曜日だから休業しているのではない。表の看板には〝年中無休〟と書いてある。

新聞を読み終えると雄大は慶多や大和、美結と遊んでくれた。店の前の道路でボール投げをした後に、すぐそばにある公園に行ってブランコをした。

慶多が、これまでで最高の高さにまでブランコを漕ぐことができた時、雄大は携帯電話でゆかりに呼び出された。

慶多たちが店に戻ると、一組の客が待っていた。中学生ぐらいの年頃の兄と妹だった。ラジコンのバギー車が壊れて動かないから直してくれというのだった。

雄大はしばらくそのバギー本体とラジコンをひっくり返したり操作したりしていた

が、やがてバギー本体を分解して、頭にかぶるタイプのルーペを装着して、基板を覗き込むと、はんだごてを手にした。

慶多にはその姿がとてもかっこ良く見えた。

大和と美結も興味津々で机の周りに集まって父親の手元に注目している。

「熱いから危ないよ。手ぇ出したらあかんよ」

雄大は言いながら、はんだをこてで焼いて、バギーの外れていた配線をつないだ。こてから白い煙が立ち上がる。その瞬間にこれまで慶多が嗅いだことのない匂いがした。それははんだと松脂《まつやに》が熱で溶ける匂いだった。

「これで直ったんとちゃいますか」

雄大はそう言ってルーペを外した。

「電池、電池」

大和がそう言って外した電池を雄大に手渡す。手伝いをしているつもりなのだ。

雄大はバギーに電池を入れて、床に置いた。ラジコンを手にすると前進のスロットルを押した。

バギーは高い金属音を立てて走り出した。その後を追って大和が走り出す。雄大は巧みにバギーを操って大和から間一髪で逃げる。大和はかんしゃくを起こして泣きだした。

雄大が笑いだして、慶多も美結も、客の二人も笑いだした。

みどりはリビングのソファに腰掛けて編み棒を駆使して編み物をしていた。母親の里子に習っているので、その腕前はけっこうなものだ。編んでいるのは琉晴と慶多のためのマフラーだった。二月のバレンタインデーまでに三週間ある。間に合うはずだった。急ぐ必要はなかったが、他にすることもなかった。

良多はその日まだ暗いうちから起きて、出社していた。琉晴と二人きりで過ごす自信がないみどりは休んでくれるように頼んだが、土曜日に休んだ分の仕事を片づけてから、欠かせないパーティーに出席しなくてはならない、というのだった。それは先日コンペで勝ち取ったプロジェクトの祝勝会だった。リーダーの良多の欠席は、あり得ないことなのはみどりにも分かった。

八時過ぎに琉晴は一人で起きて来た。ひどく気むずかしい顔をしていた。

朝食には玉子焼きに漬け物にワカメと豆腐の味噌汁、カニカマのマヨネーズ和えを出した。野菜が足りないと思ってマヨネーズ和えにタマネギのスライスでも加えようと思ったが、やめておいた。とかく子供は野菜を足されると嫌がるものだ。

琉晴はマヨネーズ和えを食べたが「酸っぱい」と言った。マヨネーズのメーカーが違っていたのだろうか、今度はゆかりに聞いておかなくては、とみどりは思った。腫れ物に触れるように琉晴に接していた。

食事を終えると、琉晴が外で遊びたがったので公園に連れて行ってみた。しばらく走ったり、隅で土を掘り返したりしていたが、他に遊びに来る子供もなく、家に戻った。

慶多や幼稚園の友達に人気があるのは、駅前のビルの中にある児童館だった。図工室があったりして、日曜日には必ず何かを製作するイベントもあり、プレイルームにはゲームやおもちゃが充実しているのだった。そこはなにより安全だった。

だが、みどりはそこに連れて行こうとは思わなかった。そこには慶多の知り合いの母親たちがいるはずだった。琉晴をどうやって紹介するべきなのか、そして慶多がどこに行っているのかを、説明することができなかった。

途中に川があるので、しばらくそこを眺めたりしていたが、琉晴はつまらなそうにしている。知り合いに出くわしてしまうのも嫌なので、みどりは琉晴を急《せ》かして部屋に戻った。

すると、琉晴は慶多のおもちゃで遊び始めた。まず木琴を叩いていたが、すぐに飽きて放り出した。次に木のボールを落とすと、カラコロといい音を立てて転がっていく木製のおもちゃで遊びだした。そのカラコロという音を聞きながら、みどりは編み物を始めたのだった。

改めて、慶多と過ごしている時間をみどりは考えさせられた。お受験の塾にピアノの練習。それだけでも幼稚園から帰ってきてからの時間は埋まっていた。日曜日にも良多が不在であることが多かったので、二人きりで遊ぶことがしばしばあった。そんなときは二人でテレビを見たり、本を読んだりしていた。確かに会話を交わすというようなことはあまりない。だが、それに気づまりを感じたことはなかった。

だが、琉晴と、この静かで整然とした部屋の中に二人でいると、息苦しくなるような感覚を覚える。

琉晴のせいではない、とみどりは思った。良多がいないからだ。良多の車があればどこか遊ぶ場所まで連れて行けたのだ。誰も自分たちを知らない場所に。

お昼は琉晴が食べたいと言ったラーメンを作って二人で食べた。

食事を終えた皿を片づけながら、みどりはいつになくイライラしていた。良多が不在であることは受け入れているはずだった。そうやって良多が働いていることでこの生活は維持されているのだ。もっともみどりはこんな都心の一等地にマンションを購入することを望んだわけではない。少し郊外でももう少し広くて慶多のための部屋があるマンションにしたい、と思っていた。だがこのマンションを購入したのは良多だった。会社からの借り入れに貯蓄を加えて購入したのだ。三十代で達成するのは難しいことだろう。

だが素敵なエリートの夫に最高のマンション、高級な車、高価な服……。という雰囲気に酔うことがみどりにはできなかった。

もちろん良多も大きな買い物をする時にはみどりに意見を聞いた。だが、それは〝確認〟でしかなかった。良多がほぼすべてを決めて、それを承認する。それで大きな不満はなかった。良多のすることはいつも正しい。良多の言う通りにしていれば大きな間違いはなかった。

それに反論するような知恵も経験も財力も自分にはなかった。

そうやって〝家〟はうまくいっていた。あの日までは……。

みどりは食事の片づけを終えると、また編み物を始めた。琉晴は窓の外の景色を眺めながらポツリポツリと説明を求めた。

「あの大きいのなに？」

「あの細いの？」

「うん」

「東京スカイツリー」

「ふうん」

沈黙。

「家はどっちの方?」

「あっちかな」

「ふうん」

沈黙。

やがて琉晴は何も尋ねなくなった。黙って家の方角を眺めている。

そこでようやくみどりは気付いた。

「ゲームやる? おばさんはゲームできないんだけど、一人でやれる? ソフトも色々あるんだよ」

琉晴は浮かない顔をした。

「ソフトって何?」

「一つの機械で色々なゲームができるの。そういうものみたい」

すると琉晴は首を振った。

「いい。ゲームは持ってるから」

琉晴は自分のカバンの中から赤いポケットゲームを取り出した。それは日本の有名メーカーのものではなかった。似ているが違う。慶多の友達が持っている最新のゲーム機は立体映像だったりしたが、琉晴のゲームは違った。しかもずっと同じゲームをしている。迷路のような中を大きな口の円形の生物がパクパクと何かを食べながら進んで行くのだ。みどりが幼い頃にゲームセンターで見たような気がした。

恐らくソフトを換えることができない古い型のものだ。

だがそれは琉晴にとっては宝物なのだろう、とみどりは思った。斎木家とつながることのできる魔法のゲーム。

みどりはまた、編み物に取りかかった。

良多は早朝から仕事を始めたお陰で、昼過ぎにはどうにか形になった。午後はコンペの祝勝会が大会議場で行われるので、昼食は抜いて、そのまま会議場に向かった。もうそこには良多のチームのメンバーたちが揃っている。どうやら良多が一番最後になってしまった。改めて会場を見渡すと、コンペのために働いていた人々の数に驚かされる。CG製作の会社は社をあげて参加しているようだ。他にも測量や立地調査などの会社も入れれば百数十人の人々が関わっている。

コンペを戦って勝ち抜くということは、その人たちの生活にも影響することなのだった。

部下にグラスを押しつけられて、ビールを注がれてしまった。四時にはここを出て前橋まで運転しなくてはならない。酒は飲めないのだ。

斎木家の女の子——美結——が車酔いが酷くて三十分以上の移動はできないということで、良多が群馬方面に出向くことになっていた。良多は車の運転が好きだったし、苦にはならない。

だが苦労して勝ち取ったプロジェクトの祝勝会で飲めないのはちょっと辛かった。

社長の挨拶が始まるようだった。話が長くて有名だ。

「みどり、大丈夫？」

社長の意味のない挨拶の合間に声をかけてきたのは、波留奈だった。今日は色鮮やかなブルーのパンツスーツを身に着けている。

良多は首を捻った。

「大変だったんでしょ？」

波留奈のどこか皮肉めいた口調でようやく気付いた。結局、彼女には忙しさにかまけて今回の件について一言も説明していなかったのだ。彼女がそれを知っているとすれば出所は一つだけだ。

「部長か？」

うなずいて波留奈は声をひそめた。

「あんまりペラペラしゃべらない方がいいわよ」

「一応、連絡しておかないとさ」

辛うじて言い返した。

「私には連絡なかったけどね」

今度は完全に返す言葉がなかった。

波留奈が良多の困った顔を見て笑う。

「昔から、どんくさい子だと思ってたけど」

波留奈が何を言い出したのか、まだ分からなかった。

「普通分かるでしょ？　違う赤ちゃん渡されたら。だって母親なんだからさ」

また良多は言葉を失った。言い返せないのではない。いくらでも弁明はできた。みどりは出血多量で死にかけたのだ。だが良多は口をつぐんだ。もうこの話はおしまいにしたかった。やはり波留奈には話さずにいて良かった、とも思った。

ちょうど社長の長い挨拶が終わって良多は拍手をした。すると壇上に上がったのは部長の上山だった。

「ビールもいい具合に温まったようですので……」

社長の長話を軽く揶揄《やゆ》して会場の笑いを誘った。

良多も声を立てて笑った。だが、まだ波留奈が良多の顔を見つめている。目を向けると挑戦的な顔で見つめてくる。

「随分と意地悪な物言いをするんだな」

軽く冗談めかそうと思ったが、声が固くなった。

「母親にしてもらえませんでしたからね、私は」

波留奈の声は見事に冗談の装いだ。嫌味なのにチャーミングだった。

良多は即座にやり返す。この件に関しては対等だ。

「その気なんてなかったろ、最初っから」

「そういうあなたも、なる気なんてなかったじゃない、父親に」

こうやって軽口をぶつけ合っていると昔に戻るようだった。確かに二人の間には深刻なものはなかった。

別れ際にいくらか揉めたのは二股をかけられて、波留奈のプライドが傷つけられたからだ。しかも相手は波留奈とは対照的な従順で何も知らない若い女で、しかも妊娠していたのだから。

その時、波留奈は給湯室で丁寧にお茶を淹れていたみどりに言ったものだ。「あんたみたいにならないように生きてきたの」と。

「でもね」

波留奈が意味ありげに、上山部長に視線をやった。珍しく挨拶が長引いている。

「私の嫉妬なんてかわいいものよ。一番怖いのは男の嫉妬」

良多はその真意を尋ねようとしたが、すでに波留奈は協力会社の席に移ると、酌をして回って、大きな声で笑っている。


「オ〜マイガット！」

琉晴がゲームに失敗してその言葉を口にしたのは三回目だった。時間にして二時間。ほぼ無言でゲームにふけっていた。

みどりはマフラーを編み続けていたが、次第にその手さばきが遅くなっていた。疲れていたのではない。琉晴の存在が慶多を否が応でも思い出させた。

琉晴は三度目のゲームオーバーでついにゲーム機の電源を切った。

「今、何時ですか？」

琉晴は丁寧語でみどりに尋ねた。その言葉づかいがみどりを切なくさせた。琉晴も恐らく気づまりなのだ。

「二時四十五分」

慶多も琉晴もまだ時計を正確には読めない。だが四時になると良多が帰って来て車に乗せて家に送り届けてくれる、ということだけは決して忘れなかった。

「あー、まだや」

琉晴は独り言のようにつぶやいて、またゲーム機のスイッチを入れた。

電子音がまた響く。

「帰ろうか？」

みどりがつぶやくように、告げた。

「え？」

琉晴の顔が輝く。

「帰る？」

「うん！」

琉晴は答えると同時に、ゲーム機をカバンの中にしまうと、そのまま玄関に向かっていた。

みどりも心が浮き立つ思いだった。だが次の瞬間に良多の不機嫌そうな顔が思い浮かんだ。みどりは、その顔を押し退けると出かける支度を始めた。

東京駅に出てから新幹線で高崎に向かい、両毛線に乗り換えて前橋大島の駅に着いたのは五時を過ぎていた。約二時間の旅だった。琉晴はご機嫌で車内でも良くしゃべった。特に新幹線の〝マックス〟に初めて乗れたことが嬉しかったようで、その興奮は尋常ではなかった。

みどりは琉晴を部屋に閉じ込めていたのだ、と罪悪感を覚えていた。

前橋大島駅のホームに降り立つと同時に琉晴は駆けだして階段を上がって行った。

「ただいま〜!」

階段を上りきると、琉晴は改札の向こうに待っていた雄大とゆかりに突進した。

「おかえり〜」

しがみつく琉晴をゆかりが抱きしめる。

大和と美結が琉晴を後ろから抱きしめた。

雄大の隣で慶多が改札の奥を見つめていた。

みどりは慶多の姿を認めると、小走りになった。改札を抜けてほとんど転びそうになりながらひざをついて慶多を抱きしめた。

「ママ」

慶多がささやくような声を出した。

みどりは「ごめんね」と言いそうになって、その言葉を飲み込んだ。

「イイ子にしてた?」

みどりは慶多に尋ねた。

「うん」

大きな慶多の目が嬉しそうに輝いている。琉晴のように全身で喜びを表現すること
はない。だが、みどりには分かった。慶多が凄く喜んでいることが。

「ごめんね、こんなところまで」

ゆかりが琉晴を抱きしめながら、詫びた。

「ううん。こっち私の地元だから」

「ああ、そうか」

ゆかりが答えると、後ろから雄大が改札を覗いた。

「あれ？　良多さんは一緒じゃないんだ」

みどりの顔が曇る。

「ちょっと何か……大事な会議があるらしくて」

みどりは嘘《うそ》をついてしまった。パーティーとは言えなかった。

「好きなんだねぇ、仕事」

雄大が独り言のようにつぶやいた。いつもどこかおどけているような雄大だったが、
その言葉にみどりは胸を突かれた。

「あんたもちょっと良多さんを見習ってほしいけどね」

ゆかりが茶化す。

「アホ、俺はまだ……」

「ハイハイ。まだ本気出してないだけなんだよね。でも、そろそろ出しておかないと人生終わっちゃうんじゃないかな〜」

「勝手に終わらせんな。まだもう少し残ってるっちゅうの」

みどりは笑ってしまった。やはり夫婦漫才のようだ。

みどりが慶多の手を握ると、慶多が顔をしかめた。見ると両手に絆創膏《ばんそうこう》が貼ってあって、血が滲んでいる。

「どうしたの？」

みどりは胃がぎゅっと縮まる気がした。慶多にこれほどの血が出るような怪我をさせたことがない。

「ああ、それね。さっき、近所の公園で」

ゆかりは事もなげに言って、琉晴に何をして遊んだかを尋ねている。

「大丈夫？」

みどりは心配そうに慶多の手を握って、その顔を見つめた。他に怪我はないだろうか、と。

「駆けっこして転んだ」

慶多の顔には笑みがあった。

だが、みどりは慶多の血に滲む絆創膏を見ながら、その場で絆創膏を剥がして傷を確認したくなった。

「ちょっと血が出たけど、すぐに止まったから」

ゆかりが心配するみどりの姿に気付いて声をかけた。

みどりはゆかりの顔を見ずにうなずいた。


十七時四十五分発の両毛線に乗って高崎に向かった。ゆかりが調べてくれていて、十八時二十一分発の新幹線に乗れるはずだった。

両毛線の車内は空いていた。もう日が落ちていたが、窓の外の景色は残光に照らされている。物哀しげだ。

慶多は普段よりもおしゃべりだった。斎木家で感じたカルチャーショックをみどりに告げたくて仕方なかったのだ。

「そうなんだ。四人でお風呂に入るの」

答えながらみどりの脳裏には慶多が戸惑っている姿が浮かんでいた。だが話している慶多は楽しそうにしている。それがみどりには悲しかった。

「でも、狭いよ。ウチの半分」

慶多はみどりの気分を察しているかのような発言をした。あまり楽しいと言うと母親が傷つくとでも思っているかのように。

「琉晴くんのママはどんな人？」

みどりが尋ねると、慶多はしばらく考えてから答えた。

「最初は怖かったけど、ホントは優しい」

「そう」

みどりは抑えようもなく気分が落ち込んでいくのを感じた。こうやって慶多はゆかりに馴染んでいってしまうのだろうか？　果たして琉晴は自分のことをゆかりになんと告げていることだろう？

「慶多……」

「なあに？」

「このまま二人でどっか、行っちゃおうか」

みどりは思わず口走っていた。

「どっかって？」

「遠〜いところ」

「どこの遠いところ？」

「だ〜れも知らないところ」

また慶多は黙って考えている。

「じゃあ、パパはどうするの？」

みどりは言葉に詰まった。

野々宮家は三角形だった。良多とみどりと慶多が描く三角形は二等辺三角形だ。みどりと慶多が結ぶ底辺は短い。極めて短い。そして頂点の良多はとても遠い場所にいる。それでも良かった。いびつであろうとも、不安定に見えようとも、それが野々宮家だった。みどりはそれを疑ったことはなかった。だが、慶多を琉晴に〝変更〟すると、その三角形は崩壊する。良多は、崩壊など考えてもいない。三角形を維持することは可能だ、と思っている。

「パパはお仕事があるからなあ……」

みどりは素直な気持ちを口にしていた。


良多は琉晴を送り届ける役目を免れたので、パーティーが終わってからたっぷりと仕事をして午後八時半にマンションの駐車場に車を乗り入れた。

いつものようにエレベーターホールまでの通路を足音高く歩いていく。

インターホンを押すが返事がない。電車ならば遅くとも八時には帰っている計算だ。

良多は開錠して玄関のドアを開けた。

家の中はガランとしていた。だが慶多の靴がある。やがて良多はあることに気付いた。バスルームから慶多の歌声が微かに聞こえているのだ。珍しくみどりも一緒に入っているらしい。少し調子外れの声が和している。五歳になった時にお受験塾に指導されて以来、慶多は一人で風呂に入るようになっていた。

良多はスーツを脱いでネクタイを外した。

ダイニングテーブルに腰を落ち着けると大きなため息を漏らした。近頃、これまでは感じなかった疲れを感じるようになっていた。帰って来て一度腰を下ろすと、立ち上がるのが億劫になってしまうのだ。

ほとんど身動きもせずにぼんやりと座っていると、風呂の方から声がした。上がってきたようだった。

「ただいま」

良多が声をかける。

「お帰り」

慶多が首にタオルをかけて現れた。もうパジャマを着て、しっかりと腹巻もしている。

その後からみどりがやってきた。パジャマの上にガウンを着ている。

「食事は？」

「パーティーの残り物を食わされた」

「そう」

「なんで一緒に入ってるんだ？」

良多が尋ねると、みどりが笑った。

「慶多、手を怪我してたから、自分で洗えないって」

言いながらみどりは慶多の前にひざをついて、手の消毒をする。本当はキズパワーパッドを貼りたかったのだが、時間が経っていると有効ではないとただし書きにあった。

「バンドエイド貼っとこうね」

傷は心配したほどには深くなかったし、ゆかりの言うように血は止まっていて、風呂につけても出血することはなかった。

「琉晴くんチだと、それバンソーコーって言うんだよ」

みどりは笑ってしまった。

「その怪我、向こうでか？」

良多が尋ねる。詰問調だ。

「そう」

みどりが素っ気なく答える。

「どうしたんだ？」

「遊んでて転んだんだって」

「ちゃんと見てないってことじゃないか」

「大したことなかったわ」

「大したことになってからじゃ遅いんだよ」

みどりは答えなかった。

「向こうはちゃんと謝ってきたんだよな？」

みどりは黙って首を振った。

「怪我させといて、すみませんでした、の一言もないってどういうことだよ」

良多がさらに言い募る。

みどりはバンドエイドの袋をゴミ箱に捨てながら、言った。

「じゃあ、一緒に行ってくれればいいじゃない。今、私に怒られても困るわ」

冷たい声になった。

良多は黙り込んでしまった。

「はい、じゃあ、パパにお休みなさいって言って」

慶多は「おやすみ」と言って寝室に向かった。みどりは寝室の入り口で慶多がベッドに入るのを見届けると、リビングに戻ってきた。

「パーティー盛況だった?」

「ああ、まあ……」

みどりは良多の言葉をさえぎった。

「私のこと、みんな何か言ってなかった?」

「ああ……」

良多は言葉を探した。波留奈のことが脳裏をよぎった。

「母親なんだから、分かるだろう、とか、波留奈さん言いそうだもん」

「いや……」

また良多は言いよどむ。それがみどりを苛つかせた。

「あなただって本当はそう思ってるんでしょ?」

「そんなこと思ってないよ」

「嘘。私のせいだって思ってるくせに……」

みどりがさらになにか言おうとした時、寝室から慶多が出てきた。手には昨年に壊れて動かなくなってしまったロボットのおもちゃを持っていた。

寝入ったと思っていた慶多の突然の姿に二人は、険しくなっていた顔に笑みの仮面を貼り付けた。

「どうした？」

良多にとっては救いの神だった。声が優しくなる。

「今度、琉晴くんチ、いつ行くの？」

「また次の土曜日。なんで？」

みどりが不安げに聞いた。

「これ、持っていっていい？」

「いいわよ」

みどりの声がかすれる。

「琉晴くんのパパ、おもちゃ直せるんだよ」

慶多の言葉に良多が反応して、バカにするように軽口を叩いた。

「じゃ、ついでにあの納戸に入ってるヒーターも直してもらうか」

みどりは耳をふさいでしまいたかった。

斎木家では二日続けての餃子の夕食だった。美結から昨晩の献立を聞いた琉晴が餃子を食べたいと言い張ったからだ。ゆかりも雄大も反対はしなかった。

二人は餃子を詰め込むようにして頬張る琉晴の姿を見たかった。

その日は雄大が餃子を食べながらビールを飲みすぎたせいで眠ってしまい、風呂に入る時間が遅くなった。

半ばのぼせながら、三人を洗い上げて、風呂から上がり寝室に入ろうとした時、雄大は動きを止めた。髪をゆかりに拭かれるのが嫌いな琉晴が逃げ回っているのはいつものことだったが、ようやく捕まえてタオルを頭からかぶせたゆかりが、そのまま動かなくなったのだ。やがて琉晴を強く抱きしめた。

泣いてしまうのか、と雄大は身構えたが、すぐにゆかりはタオルでゴシゴシと琉晴の髪を擦った。

琉晴はまた大声を出して逃げ出した。

「さあ、みんなで寝よか」

そう言った雄大の声にほんの微かに漂う寂しさをゆかりは感じた。

ゆかりは「このままでいいのか」と危惧していた。だがそれを言葉にして雄大にぶつけることはなかった。しゃべり出すと冗談ばかりで雄大はつかみどころがない。だが雄大の心の奥深くにある生きるための信念のようなものはブレない。表層は綿菓子のようだが、その中心は強靭《きょうじん》なのだ。だが決してかたくなではない。おおらかにすべてを包み込む。

ゆかりが誰にも語ったことのない、雄大の大きな魅力だった。

だが心の中の不安は消えなかった。問題が大きすぎる、そう思っていた。

7

土曜日の交換お泊まりは十一回目となっていた。これだけ休みなく毎週末に会っているると、子供たちはすっかり友達になっている。少し方針を修正して日曜日は早めにお互いに家を出て、前橋や埼玉のショッピングセンターや公園などで待ち合わせをして、家族同士で遊ぶ時間を持つようになっていた。

その方が、親の気持ちが楽だった。良多は相変わらず忙しく、土曜日の前橋までの往復だけで精一杯で日曜日の遊びに参加できることはほとんどなかった。

そもそも良多は家族同士が交流を深めることに懐疑的で、積極的に参加しようとしていない節があった。

自然、みどりが電車やバスで目的地にまで連れて行くことになったが、みどりにはその方が気楽で良かった。

病院側弁護士の織間が小学生になる前に交換をしろ、と勧めていたが、みどりもゆかりも、それは性急すぎると考えていた。たとえそれが何年かかろうとも、先を急ぐことだけは嫌だった。

雄大もほぼ同じ考えなのは分かったが、良多ははっきりと意思表示をすることを避けているようだった。みどりには良多が話を先に進めたがっているように見えた。

そう思いながらも、みどりは心のどこかで良多に期待していた。〝俺に任せておけ〟と言った言葉に。良多は宣言したことはやり遂げる男だった。そのためには努力を惜しまない。

もし懸念があるとすれば、良多が成し遂げて来たことは、ほとんど仕事に関することだけということだった。


十二回目の交換お泊まりは延期になった。その日は琉晴の入学式だったのだ。

その一日前の金曜日、四月五日が慶多の入学式だった。

三月になると暖かい日が続いて、桜が三月の末には満開になってしまった。良多のマンションの近くには都内でも有数の桜並木が川沿いにあって毎年賑わうが、かなり散ってしまっていた。だがまだ辛うじて、桜の花が残っていた。

みどりの母親の里子が、始発電車で東京にやってきたので、朝から賑やかだった。

「お母さん、今日は泊まっていくでしょ？」

みどりは寝室で慶多に小学校のブレザー型の制服を着せながら、リビングに良多といる母親に尋ねた。

「ああ、明日、編み物教室があるから帰るわ。それにここホテルみたいで落ち着かないし」

良多を目の前にして、里子は無遠慮に言った。

みどりはため息をつく。良多が怒らないといいのだが。

スーツを着てすっかり出かける支度をした良多と里子は並んで、窓の外に広がる景色を眺めていた。みどりの心配とは逆に、良多は里子の言葉を聞いて笑っていた。

「ホテルみたいで落ち着かない」は良多には褒め言葉にも聞こえた。そういう部屋を望んだのだから。

しかし、リビングにはホテルの部屋にはないものが増えていた。学習机だ。部屋の雰囲気を壊さないように、子供じみた机にはしなかった。無垢《むく》材で作られたシンプルだが高価な机と椅子だ。

ネットで探して注文したのは良多だった。

「戦時中にはね、いくらでもあったのよ」

里子は良多を諌《いさ》めようとしていた。

窓の外を眺めながら、良多も黙って話に耳を傾けている。

「里子とか養子なんて当たり前って時代があったの。〝生みの親より育ての親〟って言うじゃない」

里子は〝交換〟に反対しているのだった。

「まだ、そう決めてしまったわけじゃありませんから」

良多は落ち着いた声で言った。

「でも、だって。だって、あなた、向こうと会ってるんでしょ？　会うってことはそういう方向に向かってるってことじゃないの？」

里子は懸命に言い募った。

「そういうことは」

良多の声のトーンが一段高くなった。

「はい」

良多は里子に向き直って続けた。

「僕ら二人できちんと話し合って決めていきますから」

良多の言葉には有無を言わさぬ強さがあった。

「あらら、ごめんなさい。年寄りがなんか……余計なお世話だったかしらね」

里子が言うと独特のユーモアを感じさせて嫌味には聞こえない。

「いえいえ、貴重なご意見としてうかがっておきます。ありがとうございます」

良多もいくぶんおどけて一礼した。

「それはありがとうございます」

里子も丁寧に頭を下げる。

「できましたよー」

寝室からみどりが出てきた。その後ろから制服を着た小さな紳士が現れた。

「じゃーん！」

みどりが言って慶多を前に押し出す。

慶多ははにかみながらも、嬉しそうに笑った。

「あらー、どこの王子様かしら、写真撮っちゃおう」

里子は最近買ったばかりのデジカメを取り出したものの、なかなかうまく写せない。

良多が手伝おうとすると、インターホンが鳴った。

みどりが受話器を取ると、モニターに意外な人物の顔が映し出された。

「来ちゃった」

モニターの中の雄大が照れながら言った。

「おはようございます」

みどりは挨拶してから、良多に告げた。

「斎木さんよ」

良多は面食らっている。事前になんの連絡もなかったのだ。

今日の雄大はスーツ姿だった。だが普段、着慣れていないせいか、無理矢理着せられているような違和感があった。

「どうも、なんか新幹線のお金が出るって病院が言うんで」

玄関を入って来ながら、出迎えた良多に唐突に訪れた弁明をしようとしている。

良多は怪訝そうな顔をしたまま挨拶をしようともしない。

「あ、これ」

雄大は手土産をみどりに渡した。〝旅がらす〟という群馬土産の定番のお菓子だった。初めて病院側と東京で会った時に、病院が持ってきたものと同じ菓子だった。

「すみません」

受け取ってみどりは雄大にスリッパを出した。

雄大はスリッパを履くと、リビングまで進んで、感嘆の声をあげた。

「へえ、ここかあ。琉晴が言うとったけど、ほんまホテルみたいや。ごっついなあ」

雄大は制服姿の慶多を見ると、その前にしゃがみ込んだ。

「オーオーオー、めっちゃ男前やんか。ええ？　どっかの国の王子様とちゃいますか？」

みどりは笑ってしまった。雄大が里子と同じことを言っているのだ。

「どうも初めまして、私、慶多の……」

里子が雄大に挨拶をすると、雄大は立ち上がって一礼する。

「ああ、おばあちゃん、ですよね。前橋の。初めまして。お若いんですねぇ」

「あら、おだてたって何も出ませんよ」

「なんだ、だったら褒めなきゃよかったなぁ」

冗談を言い合って笑っている。二人の間をへだてる垣根は存在しないようだ。

「電気屋さんなんですって？」

「ええ、電球ぐらいしか売れないような店ですけど」

「ほら、私も独り暮らしで年取ってきちゃったから、色々心配で、ガスやめて電気にしようか、なんて思ってたの」

「ああ、それなら、私が行きますよ。前橋のどの辺りですか……」

二人はすっかり旧知の仲のように気安くしゃべっている。

みどりは雄大のおおらかさに母親との共通点を見ていた。


学校へと向かう道は桜並木になっていた。残念なことにもうほとんど散っていて、桜の花はあまり残っていない。

雄大は遠慮しているのか、少し後ろからビデオカメラで良多とみどりに挟まれて歩く慶多を撮影しながらついてくる。

それを気にして里子が声をかけた。

「ちょっと自信ないけど、ボタン押せば撮れるんでしょ？　私が回しますから、一緒に入ったら？」

「いや、大丈夫です」

雄大はきっぱりと断った。ここに来るまでにはそれなりの覚悟がいった。だが決して良多とみどりの間に割り込むようなことはすまい、と心に決めていたのだ。

「あ、慶多くん、それ何？」

慶多がしゃがんで地面から何かを拾い上げたのを見て、すかさず雄大はカメラで慶多の姿を追った。

「あ、花びらね」

みどりが言う。

「見せて見せて」

雄大は言いながら近づいて慶多を正面から撮影した。

「花びら」

慶多が言って、てのひらに乗せている桜の花びらを差し出した。

雄大はその花びらを接写してから、慶多の顔のアップを撮影する。

「やっぱり撮りますよ。あなた入った方がいいわ」

里子が気にして雄大に声をかけると、慌てて雄大は手を振った。

「いいえ、大丈夫。こうやって自分で撮っちゃいますから」

雄大は手を伸ばして自分の顔を撮影してみせる。

「そんなんで入ってるんですか？」

「ええ、もう大丈夫。ばっちりです」

雄大が遠慮しているのは良多にも分かったが、鼻につく。良多は不愉快そうに雄大を見つめていた。


雄大は慶多の通う小学校の校庭の狭さを嘆いて、里子もそれに同調した。だが良多がこの辺りの地価を告げると、二人とも絶句してしまった。

良多はこの学校の入学の際に支払うすべての金額も雄大に知らせてやりたくなった。それは、充分に雄大を臆させることになるだろう。交渉を有利に進めるためにはプラスになるはずだった。

だが良多は口をつぐんだ。それは今日でなくても良いはずだ。

「野々宮慶多くん」

教室で若い女性の担任教師が慶多の名を呼んだ。

「はい」

慶多は大きな声で返事をして手を上げた。

試験を勝ち抜いてきた子供ばかりなので、どの子もきちんと返事をしている。泣きだしたり、返事ができない子は一人もいない。

慶多は返事を終えると、良多たちの方に振り返って手を振った。

良多はカメラにその姿を収めた。

隣でビデオを回していた雄大が慶多に手を振り返している。

それを良多は見苦しい、と思った。父親のすることではない、と。

「不思議なもんだな、と思って」

雄大が良多に小声で話しかけた。それも不愉快だった。息子の〝ハレ〟の場に親が私語をすることが。

だが雄大は構わずに話を続けた。

「俺は慶多の顔を見て〝琉晴〟って名付けたわけでしょう？　でも、今の慶多は〝慶多〟って感じの顔だもんなあ」

良多は返事をしなかった。雄大の言葉はあやふやで不明瞭だった。だがそれはなんとなく良多にも感じることができた。認めたくなかっただけだ。

交換お泊まりは、それからも順調に回を重ねた。ゴールデンウィークには両家族揃って旅行に出かけようか、という案をゆかりが出したのだが、良多の仕事の都合がつかずに普通のお泊まりになった。

事件があったのは梅雨入りしたばかりの二十回目のお泊まり交換の時だった。土曜日にお泊まりをして、翌日の日曜日は、初めて家族が会ったショッピングセンターに再び行くことになった。

今回は時間を作って、良多も参加している。二十回という節目でもあり、そろそろ潮時だろう、と心に期すものがあった。

その方法をあれこれと考えながら、良多はキッズパークの片隅の軽食コーナーの前に座ってアイスコーヒーを飲んでいた。良多の前にはおもちゃのロボットがある。随分前に慶多が雄大のところに修理してもらうために持っていったのだが、壊れた部品が取り寄せられず、雄大が手作りしなければならなくなって、時間がかかっていて今日ようやく返ってきたのだ。

良多がスイッチを入れるとロボットは歩いて、回って、開いた胸の装甲から火花を散らして攻撃する。まったく動かなかったのに、完璧に直っている。

慶多が珍しく大喜びする姿は、少なからず良多に嫉妬の気持ちを抱かせた。

子供たちは雄大とボールのプールで大はしゃぎで遊んでいる。その脇でみどりとゆかりが何か話していた。

「良多さ〜ん！　ちょっと、良ちゃ〜ん！　バトンタッチ！　交代して！」

プールの中で子供たちに乗りかかられて雄大が良多に救いを求めている。

良多は手を振って断った。

するとみどりとゆかりが雄大に代わってプールに入って行った。

雄大はよろよろしながら、良多の隣の席に腰を下ろした。その顔は汗でびっしょりと濡れている。息も荒いが、その顔は楽しげだ。

「いや〜、もう、あかん、あかん。しんど。せめて四十までに作っとくんやった。身体がもたん」

雄大はすっかり氷が溶けたコーラをゴクゴクと飲んだ。ストローは噛み潰してあるのに、勢い良く吸い上げられていく。

切り出すとしたら二人の時がいいかもしれない、と良多は思った。主導権を握っているのはゆかりだったが、先に雄大を丸め込んでしまえば話がスムーズになるかもしれない。なにより雄大は与《くみ》しやすい男だ。

良多が口を開こうとすると、雄大が機先を制した。

「良多さんも、俺なんかより若いんだからさ。もっと一緒の時間作った方がいいよ、子供と」

雄大は雑談のような声音で話していたが、それは苦情でもあった。琉晴との過ごし方に不満があるのだろう。だがこちらにもその何倍も不満があった。

良多は腹が立ったが、意識的に軽い調子で返した。この話は早めに切り上げてしまおう。

「まあ、いろんな親子の形があっていいんじゃないですかね」

雄大はなおも言葉を継ぐ。

「お風呂も一緒に入らないんだって？」

それはお受験のためだ、と言いかけたが、止めておいた。一人で入るようにする前にも、良多は慶多と風呂に入ったことは数回しかない。そこを突つかれると痛い。

「うちは一人でなんでもできるようにって方針なんですよ」

良多の返答を聞いて雄大が笑った。良多はその笑みが気に食わなかった。

「そうか、方針か。ならしゃあないけど、でもさ……」

雄大がまたコーラをズズッと音を立てて吸ってから続けた。

「そういうとこ、面倒くさがっちゃダメだよ」

その言葉は良多の胸に刺さった。反発を感じたのは、反論があるからではない。良多は心の中を見透かされたような気がしたからだ。

雄大が珍しく真顔でしゃべり続ける。

「こんなことは言いたかぁないけど、俺、この半年の〝交換お泊まり〟で、これまで良多さんが慶多と一緒にいた時間よりも、長く一緒にいるよ」

乱暴な言葉だった。これまでの六年をずっと見てきたような一方的な偏見だ。思わず声を荒らげそうになったが、良多は少し間を置いてからいなした。

「時間だけじゃないと思いますけどね」

良多は言外に財力の問題を匂わせた。

「何言ってんの。時間だよ。子供は時間」

雄大は言い張った。だが良多も引かずに言い募る。

「僕にしかできない仕事があるんですよ」

雄大がまっすぐに良多を見つめている。良多も見つめ返した。

「父親かて取り替えのきかない仕事やろ」

諭すような声で雄大は言った。

良多は辛うじて苦笑してみた。だが、それで気分が軽くなりはしなかった。

良多はストローをかじっている雄大の顔を見た。雄大は穏やかな笑みを向けてくる。

良多は返す言葉を見つけられずに、視線を逸らした。

肝心の話を切り出すタイミングは完全に失われていた。


「おーい、はよ、来い。置いてくぞ」

雄大が子供たちに声をかけた。何度も帰ろう、と伝えているのに、子供たちはキッズパークから離れようとしない。

ゆかりとみどりがテーブルの上をすっかり綺麗に片づけた。

「なんかすっかり兄弟みたいね」

ゆかりが嬉しそうだ。

「本当にねぇ」

みどりも同意する。

二人の様子を横で見ながら、良多は危機感を覚えていた。これ以上はずるずると引き延ばせない、と。

「あ、テイクアウトでカツカレーを一つお願い」

雄大がスナックコーナーで新たにオーダーしている。

良多が不思議そうな顔をしていると、雄大が説明した。

「家であいつの親父さんが腹すかして待ってるから」

「ああ、そうですか」

「半分ボケちゃってて、子供返りしちゃってるからさ。子供が四人いるようなもんだよ」

雄大の言葉にゆかりがすかさずに応えた。

「五人でしょ、子供は。私一人じゃ面倒見きれませんよ」

「え、五人目って俺か？」

また夫婦漫才が始まった、とみどりは思った。

そこに良多がやけに楽しげに笑って、加わった。

「それは大変ですよね。じゃあ、二人ともこっちに譲ってくれませんか？」

空気が凍りついた。

「なに？　二人って、なに？」

雄大が、確認する。冗談なのだろう、と。

「琉晴と慶多ですよ」

良多はなおも笑顔で明るい声を出した。そうすれば誰も傷つかないとでも言うように。

「それ、本気で言ってんのんか？」

雄大の顔が険しくなる。

「ええ、ダメですか?」

良多がやはり笑顔で答えたのと同時に、雄大が手を上げた。平手で良多の頭を叩いたのだ。パスンと弱々しい音がした。殴ろうとしたのを途中で思い直したため、中途半端な叩き方になった。

雄大が全身を怒りでぶるぶると震わせながら言った。

「何を言い出すのかと思ったら……」

ゆかりも良多に詰め寄った。

「失礼なことを……。ちょっとなんなのよ!」

良多は乱れた髪をかき上げて、姿勢を正した。

「いや、唐突だったかもしれませんが、子供の将来を考えた時にですね……」

即座にゆかりが問い詰める。

「私たちの子供が不幸だって言うの?」

ゆかりが顔を真っ赤にしている。その横で雄大も怒りで拳を握りしめている。

良多は二人を見て吐息をついて静かに切り出した。

「考えてたんです。だからちゃんと用意しています。まとまった額をお渡しできるように……」

雄大がゆかりを押し退けて乱暴に良多の胸ぐらを掴んだ。

「金で買う気か？　子供を金で売れ、言うんか？　オオ？　金で買えるもんと買えへんもんがあるんやぞ」

良多は雄大の手を振り払った。

「あんた言ってたじゃないですか。誠意は金だって」

吐き捨てるような良多の言葉に、なおも雄大が掴みかかろうとする。ゆかりも加勢しようとした。

みどりは割って入って、雄大とゆかりに頭を下げた。

「すみません！　うちの人、あんまり言葉が……その……ダメで。子供たちも見てますんで。すみません！」

良多は憮然《ぶぜん》とした顔で横を向いてしまった。

ゆかりと雄大は子供たちが遊ぶのをやめてこちらをじっと見ているのに気付いた。

「負けたことのないやつってのはホントに人の気持ちが分からないんだな」

雄大はそう言ってカツカレーの代金を払うと、子供たちの方にゆかりと共に去って行った。

良多はなおも納得がいかない、とでもいうように雄大たちの後ろ姿を睨《にら》みつけていた。

ショッピングセンターの少し先にある道の駅で良多は車を停めた。いつも里子の家に行く途中で寄る場所だ。

慶多は五百円玉を持って自動販売機にいつものようにジュースを買いに行った。

「どうするの？」

みどりが切り出した。責める調子がある。

「ああ……」

他にやりようがあったはずだった。相手を軽んじた上に、急いたのが失敗の原因だ。

「あんな場所で冗談みたいに言い出して、信じられない。誰だって怒るわよ」

「ちょっと待ってくれよ、今考えてるんだから」

良多は顔をしかめて考え込んでいる。

その横顔を見ながらみどりはようやくあることに気付いた。あれが良多の言っていた〝俺に任せておけ〟の根拠だったのだ。確かに悪魔的な魅力を持っていた。斎木家の人々の心を踏みにじる悪魔。失うものは一切なく、すべてを得るという魅力に満ちている。

みどりは良多の発言に反発しながらも、心の中のどこかで同時にその悪魔の魅力を忘れることができなかった。

そんなことを思ってしまった自分への嫌悪感も湧きあがってくる。みどりは良多を責めた。

「せっかく、仲良くなりかけてたのに……」

これですべて振り出しに戻ってしまうだろう。だが同時にみどりは少し心が軽くなるのを感じていた。斎木家と決定的な仲違いをしてしまえば、交換という話そのものが消滅して……。

すると、突然、良多が信じられない言葉を口にした。

「なんで俺が電気屋なんかにあんなこと言われなきゃいけないんだ?」

みどりは呆れてもう何も言う気がおきなかった。

車のドアが開いて慶多が缶コーヒーを手渡してくれる。もう缶コーヒーもアイスしかなくなっている。夏が近いのだ。

「ママ、カフェオレ、パパはムトー」

「ありがとう」

夫婦は声を揃えて慶多に感謝の言葉を言った。顔に貼り付けられた笑顔がぎこちなく固まっていく。

二人は思い出した。二日後の火曜日には、斎木家の夫婦と顔を合わせなくてはならなかった。その日は一月に提出した訴状に基づいて、前橋の裁判所で審理が開かれる。

そこに野々宮家と斎木家は証人として出廷することになっているのだ。

裁判所の前で弁護士の鈴本と待ち合わせをしたのは審理の始まる三十分前だった。斎木家も同じ時間に来る予定だったが、やはり遅れている。みどりは少しほっとしていた。このまま来ないで、すべてが消えて元通りになったらいい。

「まあ、硬くならずに」

鈴本がみどりに声をかけた。

「先日、練習した通りにお話しいただければ大丈夫ですから、お受験の面接と同じようなことです」

鈴本が多忙なので、電話で〝練習〟をしたのだった。病院側の弁護士の織間からの尋問に答えなくてはならない。

「野々宮、お前、宮崎《みやざき》っていう看護師を覚えてるか?」

鈴本にいきなり尋ねられて首を捻った。

「覚えてないな。お前は?」

良多はみどりに尋ねる。

「ううん。顔見れば思い出すかもしれないけど」

「その看護師が何か証言とかするのか?」

　良多は不安になって尋ねた。看護師の存在など病院側は一度たりとも口にしなかった。

「まあ、恐らく病院側としては当時の勤務状況に落ち度はなかったってことを説明しておきたいんだろうけど」

　鈴本の調子から察するに珍しいことでもないようだった。

　そこに雄大とゆかりがやってきた。走って来ると、いつものように雄大が言い訳をした。

「出掛けにまたこいつがアイロンがどうちゃらって言い出して……」

　するとゆかりが雄大を小突いた。

「お願いだから、今つまらない冗談言わないで！」

　鋭い声でゆかりが叱った。

　みどりはゆかりに向かって頭を下げた。

「この間は本当にすみませんでした」

　頭を下げながら、みどりはちらりと良多を見た。

　良多は渋々頭を下げる。

「どうも……」

　雄大とゆかりも気まずそうに会釈した。ゆかりは硬い表情を崩さないが、雄大は気まずい雰囲気に耐えられずに口を開いてしまう。

「ああ、いえ……。ま、こっちも、アレで……」

またゆかりが雄大の脇腹を小突いて黙らせた。


法廷には三人の女性が並んで揃って宣誓をしていた。みどりとゆかり、そして看護師の宮崎祥子《しょうこ》だった。みどりは祥子の顔に見覚えがなかった。

「宣誓、良心にしたがって真実を述べ、なにごとも隠さず、偽りを述べないことを誓います」

雄大と良多は傍聴席で離れて座っている。病院関係者も数人固まって座っていて、事務部長の秋山の姿も見えた。その他に数人の男女が座っているが、いずれも手にメモ帳を用意している。記者と思われた。珍しい〝取り違え事件〟を聞きつけて取材に来ているようだった。

まず行われたのは、みどりへの織間の尋問だった。

「お子さんに会ったのは出産後何日目ですか?」

織間は食事会の時とは違って尊大な態度で尋問をした。だがこれは鈴本が想定していた質問だった。

「きちんと顔を見て抱くことができたのは三日目です。それまでは私も寝たきりの状態で……」

「その時に抱いたのは慶多くんだと思いますか？　琉晴くんだと思いますか？」

「正直、分かりません」

織間が「ふむ」と間を空けて、資料に目を落とした。

「この二人の出産時の体重は三百グラムほどの差があります。たとえ病院側がミスを犯したとしてもですね。少し注意をすれば分かったのではないですか？　母親なんですから」

これも鈴本が想定していた質問の一つだった。挑発的な質問でも決して怒ってはいけない。

「正常な状態ならそうだと思いますが、産後の出血もひどくて、数日間は意識が朦朧《もうろう》とした状態でしたので」

織間はそれで尋問を終えた。

続いてゆかりが証言台に立った。

ゆかりにも赤ん坊に変化があったことに気付かなかったのか、という質問がぶつけられた。ゆかりは生まれたばかりの子は顔が毎日のように変化するから、変わったことには気付かなかった、と言った。彼女も鈴本の〝練習〟を電話で受けていた。

織間はゆかりにさらに質問を重ねた。

「今は二人のお子さんは両方の家庭を行き来なさっているわけですか？」

「ええ、病院の方がそうした方がいいと言うので」

ゆかりは怒っているように見えた。この場で自分の気持ちをはっきりと表現できる彼女の強さをみどりは羨ましく思った。

「今後はスムーズに交換の方向に進めそうですか？」

これも鈴本が想定していた質問だ。

「分かりませんよ。犬や猫だって無理なんだから」

これには鈴本がはらはらしていた。想定した答えとは違っているのだ。だがゆかりは軌道修正して鈴本に教えられていた言葉を告げた。

「交換したからといって、その後もうまくいくとは限りませんし、私たち家族の負担は決して一時的なものではありません。この先の人生ずっと苦しみは続くと思います」

教えられた言葉であるとはいえ、その言葉にはゆかりの怒りが込められていた。みどりは深くうなずきながら聞いていた。

最後に看護師の祥子が証言台に立った。年齢は三十二歳。長い黒髪が印象的な女だった。みどりは看護師らしくない、と思った。どこかおどおどとして、決してみどりたちと目を合わせようとしなかった。産科の看護師は、少し怖いくらいにきびきびとしている印象があって、違和感を抱いた。

「あなたが前橋中央総合病院に産科の看護師として勤務していたのは何年何月から何年何月までですか？」

織間の尋問に祥子はうつむいたまま、弱々しい声で答える。

「二〇〇四年の四月から二〇〇六年の八月までの二年間です」

「お辞めになってる。では現在の職業は？」

「あそこを辞めてから、せ、専業主婦です」

尋常ではない緊張ぶりだ。気温は二十度を少し超えた程度で寒いくらいだった。なのに祥子の顔に汗が伝う。

「当時の勤務状況をおうかがいしますが、夜勤が何日も続くということはありましたか？」

祥子は首を振った。

「いえ、ひどい産科の病院もありましたが、あの病院は比較的、楽なシフトだったと思います」

「そうですか。では、なぜこのような事故が起こったのだと思いますか？」

祥子は織間の言葉に何度もうなずいた。うなずきながら、その顔が歪んでいく。

「事故では……」

「なんですか？」

織間が尋ねる。

「あれは……事故ではありません」

消え入りそうな声だったが、傍聴席にまで届いた。法廷は静まり返った。

「事故ではない、というのはどういう意味ですか？」

祥子はまた何度も黙ってうなずいてから、意を決したように顔を上げた。

「野々宮さんのご家族が幸せそうだったので、わざとやりました」

傍聴席がどよめいた。病院関係者の中には立ち上がる者もいる。良多もみどりも雄大もゆかりも同じ反応だった。ただ驚いて傍聴席から祥子の後ろ姿を見つめていた。

「どういうことですか？　それは」

織間が尋問を続けるが、その声も動揺を隠せない。

「再婚したばかりで、子育てに悩んでいて……。イライラを他人の赤ちゃんにぶつけてしまいました。野々宮さんはお金があって一番高い病室でしたし、旦那さんは一流企業に勤めていて、喜んでくれる家族もそばにいて……」

言いながら祥子は涙声になった。

「それに比べて私は……」

祥子はそれ以上はしゃべれなくなった。

みどりは母親の言葉を思い出していた。

〝あんたたちのことを良く思ってない人が世間にはたくさんいるのよ。そういう「気」がさ〟。

私が人に羨まれるような人間？　そんなことはないはずだ。みどりは病院を退院する時に医師に言われた辛い言葉を思い返していた。それを知っていれば決して、彼女は自分を羨んだりはしなかっただろう。

織間に代わって鈴本が尋問を始めた。まったく予想外の展開だったが、冷静に対応する。

「赤ん坊を交換した日にちを覚えていますか？」

「はい。七月三十一日です。午後の沐浴の時に交換しました」

この言葉に良多は顔をしかめてうつむいた。

良多が初めて病院を訪れて慶多を見たのは七月三十一日の朝だった。面会室で看護師に抱かれた慶多を見た。その時は慌てていてカメラを車に忘れたため撮影できなかったが、それから一時間近くも慶多を眺めては里子と誰に似ているかと延々と話したのだ。

そして午後の沐浴を終えてからも、良多は入れ替わった〝慶多〟を見ていた。やはり里子と誰に似ているかを話した覚えがある。その時に初めてカメラで慶多を撮った。何枚も飽きずに。

つまり、良多も赤ん坊が変わっていることに気付かなかったのだ。

目の端でみどりを見ると、ちらりとこちらを見た。その目には非難があるようにも見えた。

「赤ん坊を交換した時には、どんな気持ちがしましたか？」

鈴本の問いかけに祥子は蒼白な顔で答える。

「正直スッとしたというか……。不幸なのは自分だけじゃないんだ、と思ったら楽になって……」

ゆかりと雄大が怒りのために身を乗り出した。雄大は口を開けて声にならない怒りの言葉をつぶやいた。

斎木家にしてみれば、とんだとばっちりだった。嫉妬の対象となったのは野々宮家なのだ。看護師は偶然に斎木家の子供を選んだ、ということになる。

鈴本は動揺から脱し、少し考えてから質問を口にした。

「今、なぜ、あなたはそのことを告白しようという気持ちになったんですか？」

「夫の子供も今は懐いてくれています。落ち着いて考えることができるようになったら、自分のしたことがだんだん恐ろしくなってきて。きちんと罪を償いたいと思うようになりました」

祥子は泣いている。突然に傍聴席を振りかえると、良多とみどり、雄大とゆかりに向かって頭を下げた。

「本当に申し訳ありませんでした」

祥子はそのまま顔を上げられずに、もう一度大きな声で謝った。

「申し訳ありません！」

良多も他の誰も身動きすることさえできなかった。


良多は退廷する際に、廷吏に付き添われて廊下を歩く祥子の後ろ姿を見た。その後についていく学生服姿の坊主頭の少年と、小学校の高学年の少女。そしてずんぐりとした大柄な体型の中年男。恐らく祥子の家族なのだろう、と良多は見ていた。

彼らの後をカメラを肩から下げた記者らしき男が追っていく。

家族はやがて廊下の角を曲がって見えなくなった。

良多は鈴本を探した。

古めかしい喫茶店が裁判所から歩いてすぐのところにあった。どちらが誘うということもなく、野々宮家と斎木家の四人は中に入った。

先客は地元の老人が二人、離れた席で新聞を読んでいた。店内は閑散としている。

四人は奥まったボックス席で夫婦同士向かい合わせになって座った。全員がホットコーヒーを頼んだが、雄大だけはシナモントーストを頼んだ。子供を預けるのにガタガタしたせいで朝食を食べそびれたのだ、と言い訳をしながら。

しばらく沈黙が続いたが、ゆかりがタバコを取り出して火をつけて煙を盛大に吐き出して口火を切った。

「子育てにイライラしたくらいで、こんなことされたんじゃ、たまったもんじゃないわ」

するとすぐに雄大が追随する。

「なあ、ほんまや。だって、あの人、最初から連れ子がいるの分かってて再婚したんやろう。それを人のせいみたいに」

ゆかりはまた強くタバコを吸った。良多はゆかりが喫煙者であることを初めて知った。子供の前では吸わないのか、それとも家では子供の前でも吸うのか。

「スッとしたって……」

煙とともにゆかりが吐き捨てるように言って続ける。

「万引きかなにかと、おんなじだとでも思ってんのかしら」

雄大がトーストに盛られたクリームをスプーンですくって舐《な》めて味わってから同意した。

「せや、分かってないんやな、あの女。自分の罪の重さが」

言葉はどことなく軽いが、雄大なりに怒りを感じているようだった。

「今は幸せに暮らしてますって言ったよね、あの女。だから償いたいとか。ふざけんなよ。そんな勝手な話があるわけねぇだろ！」

声は抑えているがゆかりも激しい口調だった。

「でも、あれだよなあ」

雄大が良多に顔を向けて続けた。

「これで当然、慰謝料はアップするんちゃうの？」

良多は首を振ろうとしたが、体が反応しなかった。病院の過失ではないことが明らかになったのだから、慰謝料がアップするとは思えなかった。看護師の管理責任の問題になる。

「それは当然よね」

ゆかりはまだ怒りが鎮まらずに攻撃的な声だ。

「それ、鈴本さんに聞いといてよ」

雄大がまるで御用聞きにリクエストするように言った。良多は瞬間的に反発を覚えた。だが、素直に従った。

「はい」

良多が軽くうなずいた。

「刑務所に入れられるんだよね？」

黙り込んでいたみどりが青ざめた顔を上げて、誰にともなく尋ねた。

「当たり前でしょ」

ゆかりがやはり怒気に満ちた声で言ってタバコを灰皿でひねり潰す。

「五年や十年は入れてほしいわ。それでもまだ足りんくらいやけど」

雄大もトーストを食べながら珍しく声高になっている。やはり憤懣《ふんまん》やるかたない、という思いなのだ。

全員が共通の敵を見つけたことで、これまで持て余していた鬱憤が祥子に向かって吐き出されていた。

良多は鈴本から聞いたことを告げるべきか迷った。だがこのままエスカレートさせるわけにはいかない、と口を開いた。

「それが、もう時効らしい」

「時効？」

雄大が口からトーストを噴き出しそうになる。

「鈴本が〝成立するなら未成年者略取なんだけど、五年で時効になる〟って……」

良多の話を聞いて鋭く反応したのはみどりだった。ほとんど絶叫に近かった。

「こんなことしといて、謝って終わり⁉　冗談じゃないわよ！」

「声が大きいよ」

良多がたしなめたが、みどりは冷たい目で良多を見返した。

「なんか納得できないわよね。だって私たちはずっと苦しみ続けていくのに、あの女だけ時効があるなんて！」

ゆかりの声も次第に叫び声に近くなっていった。

みどりが笑ったように良多には見えた。ひどく屈折してはいたが、久しぶりに見せた笑顔だ、と良多は思った。

「きっと時効だって知ってて名乗り出たのよ、あの女。そうに決まってる。一生許さない。あの女、絶対に許さない」

みどりの顔が上気していた。子供の取り違えが発覚して以来、青白い顔ばかりしていたみどりが怒りを支えにして生き返ろうとしているように見えた。

良多は一人冷静さを保っていた。それが必要だ、と思ったからだが、一人だけ取り残されているような感覚を味わった。

良多を除く三人は祥子に向けて怒りを募らせている。

その時、ふと良多は思った。そのお蔭で琉晴と慶多を両方引き取ると申し出た件は消し飛んでしまった。

良多は黙って三人が口々に怒りを吐き出すのを聞いていた。


結局、暗くなる前に、里子に預けていた慶多を迎えに行くはずが、すっかり夜になってしまった。慶多がぐずったりして里子が困っていないといい、とみどりは実家に向かう車の中でしきりに気を揉んでいた。良多は運転をしながら何も言わなかったが、遅くなった原因はみどりにある、と指摘したかった。祥子に対する呪詛《じゅそ》の言葉を一番多く語っていたのはみどりだったからだ。

雄大が別の話を振ろうとも無視してひたすらに怒りを言葉にしてぶつけていたのだ。

意外にも慶多は大人しく里子とテレビを見ながら、夕食のそうめんを食べ終えて、風呂にまで入っていた。良多たちの姿を見ても泣いたりせずに「お帰り～」と機嫌良く迎えてくれたのだった。

良多もみどりも慶多の成長を実感していた。だがそこに交換お泊まりの影響を感じずにはいられなかった。特異な状況でありながらも子供たちはたくましく育っているのだ。みどりにはそれが悲しく、切なかった。

このまま進めばその先にはなにか新たなものが見えるのだろうか、いや、きっと変わらない。より辛くなるばかりだ。みどりは次第に祥子への怒りに囚われて、頭の中はまた怒りの色に塗り潰されていった。

8

六月十六日は父の日だった。慶多の学校では図工の時間にお父さんに送るためのバラの花を折り紙を使って作っていた。

慶多はセロハンテープを使って緑の折り紙をストローに貼り付けて、枝を作っていた。ところどころに三角のトゲを付ける。

教室を見回っていた教師が慶多の枝を見て「上手ですね」と褒めた。

慶多は工作が好きで、手先が器用だった。良多は建設会社にいながら日曜大工もしたことがないし、まるでできない。慶多の器用さは雄大譲りと言えた。

その日は平日であるにもかかわらず、良多は会社を早退していた。兄の大輔《だいすけ》に電話で呼び出されたのだ。早退などできる状態ではなく、断ろうとしたのだが、父親が倒れた、というから仕方がない。

渋々、良多は大輔と都電荒川線の小さな駅の前で午後五時に待ち合わせをすることにした。

その駅のある街は良多の生まれ育ったところではない。だから駅前に立っていても何も感じるところはなかった。思えば良多には故郷と思える場所がない。東京で生まれて東京で育ってきたが、山の手から下町、武蔵野、東部、西部、南部と転々としてきたのだ。強いてあげるとすれば、中野に住んでいた頃が記憶には一番残っている。広い庭付きの家に住んでいた頃だ。後で知ったことだが、それは借家だったそうだ。それでも幼稚園から小学校の四年生まではそこに住み続けたのだ。そして慶多と同じく成華学院初等部に通っていた。塾などに行かずに特別な勉強もせずに合格して、成績も優秀で、習っていたピアノでも特別クラスに入りなさい、と教師に言われるほどの腕前で……。

時間ぴったりに兄の大輔が現れて、良多は現実に引き戻された。

大輔は良多よりも背が低く、容貌も劣る。並んで歩いても兄弟と思う人はいないだろう。はっきりと線を引いたように大輔は母親似で良多は父親似だった。

大輔は住んでいる埼玉の私鉄沿線の小さな不動産屋に勤めている、はずだ、と良多は思った。大輔は何度か不動産業界の中で会社を変わっている。いずれにしても、それは大きな問題ではない。良多の会社の取引先となるような大きな不動産会社ではない、ということだ。

兄に会うのは二年ぶりだった。良多は滅多に実家に足を向けない。大輔は盆暮れには顔を出しているらしい。大輔には中学二年の娘と小学六年の娘がいて、彼女たちを連れて立ち寄っていると聞いたことがあった。父親はいまだに大輔に〝跡継ぎを作れ〟と言うらしい。〝女〟ではダメだと思っているのだ。

「二回目だっけ？」

良多は都電の線路沿いを大輔と歩きながら尋ねた。

「三回目かな。ずっと高血圧の薬は飲んでるらしいんだけど」

父親は二年前に脳梗塞を起こしている。その前にも高血圧による合併症で腎臓を患っていた。いずれも軽いもので、生活を改善すれば薬の必要がないと医師にいわれているのだが、父親は頑固だった。

今回も脳梗塞だと言う。それを母親が電話で大輔に連絡してきたのだ。

「のぶ子さんがいてくれて良かったな」

良多が言うと、大輔は苦笑いした。

「そりゃ良かったけどね。お前、一緒にいる時くらい〝母さん〟て呼んでやれよ」

「え？　呼んでなかったっけ？」

良多はとぼけてみせた。のぶ子が後妻として家にやってきてから三十年以上になるが、これまで一度も〝母〟と呼んだことはない。

「しかし、親父も弱くなったよな。息子たちに会いたい、なんてさ」

のぶ子を通じてとはいえ、そんなことを口にするタイプではなかったのは確かだった。だが弱っている父親に同情する気など良多には、さらさらない。

「ちょうどいいんじゃない？　ちょっとくらい弱ってくれた方が」

良多は言いながら、大輔が手にしているバラの花束を見て笑った。

「そんなの持っていったら、オイオイ泣きだしちゃうんじゃないの？」

大輔はまた苦笑いを浮かべる。


良多と大輔の父親である野々宮良輔《りょうすけ》と、その妻であるのぶ子は金子第二アパートに暮らしていた。老朽化したアパートだ。

キッチンと六畳の和室があり、トイレはあるが、風呂はなく銭湯通いだ。

足を踏み入れるのは二回目だったが、不思議とその部屋は昔、良多が父親たちと暮らしていた時と同じ匂いがした。体臭などではない。それは様々な匂いが混じり合った生活臭とでも言うべきものだ。だが、それはこの部屋にしかない匂いだった。

良多はその匂いに顔をしかめた。いい思い出ではない。

そしてふと思った。みどりと慶多と暮らすあのマンションの部屋にも特有の匂いがあるのだろうか？　慶多はそれを思い出すだろうか？

良多たちが到着するとすぐに寿司屋が出前を届けに来た。チェーンの宅配寿司だ。のぶ子が寿司を受け取っている間、六畳の奥に据えた小さなソファに父親の良輔は反り返って座っている。その前にちゃぶ台があり、良多たちが並んで座っていた。

父親は今年でちょうど七十歳になる。老いてはいるが、その鋭い目の光は強かったし、美男の面影が残っていた。立ち上がれば身長は一七五センチはある。良多が老いた姿を彷彿とさせた。

〝発作〟を起こしたはずだが、父親は元気そうだった。顔色も良く、ウィスキーの水割りをチビチビと飲んでいる。つまり、具合が悪いということではないのだろう。

「このあたりはこんなお店しかなくてね」

そう言いながらのぶ子は桶《おけ》風のプラスティックの大皿をちゃぶ台の真ん中に置いた。のぶ子は五十九歳だった。二十代の後半で後妻に入ったのだ。くたびれた服装のせいもあったが、随分と老けて見えた。

「それで、良くなったんですか？　ご病気の方は？」

良多が皮肉な口調で父親に尋ねた。

良輔はジロリとその鋭い目で良多を見た。昔は震え上がっていた恐ろしい目つきだった。

「そうでも言わなきゃ、お前たちは来ないだろう」

父親はそう言って良多を睨んで、ウイスキーを飲んだ。

良多は大きくため息をついた。

「金なら、この間ので最後だって言っただろ」

良多の言葉を聞いてのぶ子が肩をすくめて、うつむいた。無心の電話をしてきたのはのぶ子だった。気の毒になるほどに恐縮した声だった、と電話を受けたみどりが言っていたのを思い出す。

「金ならあるさ」

父親は不機嫌そうに言った。

「今は、俺は三ノ輪でビルの管理人をしてる。それに、こいつもパートに出てるからな」

良輔はのぶ子を指さした。

良多は部屋の隅に積んである株式情報などの雑誌を手に取った。

「もうやめたらどう？　こんなの」

良多は雑誌を乱暴に放った。

良輔は険しい目で良多を睨みつけた。

「良多……」

父親に代わって大輔がたしなめる。

だが良多は大輔に顔を向けもしない。この生活を維持するのにはアルバイトで充分だろう。だが株に手を出せば、渡してやった金を注ぎ込んで、また借金を申し込んでくるに決まっている。これまでに大輔は良多の三分の一も援助していない。

「ああ、大ちゃん、イクラ好きでしょ。遠慮しないでよ」

険悪な空気を破って、のぶ子が大輔に声をかける。大輔もすぐにそれに応じて、寿司を覗き込む。

のぶ子は立ち上がってキッチンに行ってしまった。

「いや、食べたいのは、やまやまなんですけどね。今、ちょっとプリン体を控えないといけなくて……」

大輔はキッチンののぶ子に言う。

「そうなの、痛風？」

のぶ子が聞く。

「ええ、尿酸値が高くて。でも、今日はまあ、いいか」

大輔はイクラをつまんで食べた。

「う〜ん、クソッ。なんで卵ってこんなにうまいんだ」

これは兄弟の共通点だった。鶏卵ばかりではなく魚卵も好きだった。そして二人とも妻に制限されている。

だがそれ以外はまるで似ていない兄弟だった。大輔は良くしゃべった。沈黙が我慢できないのだった。子供の頃はもっとぼんやりしていたが、就職したあたりから、やたらにおしゃべりになった。そんな兄を良多は幼い頃にもまして軽んじていた。

「ダービー、どうだったんですか？」

大輔が父親に聞いた。

「フン」

良輔は鼻で笑って返事もしない。

「ああ、その顔は大負けしたんだな」

大輔は横目で父親をちらりと見て冗談めかして笑う。硬直した場の空気を察してすぐに和ませようとするのは、のぶ子譲りの行動だろう。良多は兄の軽々しい言動がどうにも好きになれない。

「うるさい」

父親がジロリと大輔を睨みつけると、おどけて肩をすくめた。

父親は根っからのギャンブラーだったのかもしれない、と良多は思った。病気と言ってもいい。若い頃は証券会社に勤めていたというが、退職してからは株の個人投資家として、かつての顧客から金を預かって運用していた。かなりの顧客を集めて羽振りが良かったという。その頃に良輔が妻と離婚した。原因は知らされなかった。ある日、学校から帰ると、母親の姿がなかったのだ。父親はまともに説明しようともしなかったし、毎晩、酔い潰れて帰ってくるので、良多たちも聞くことができなかった。半年ほどすると、新しい母親が現れた。それがのぶ子だった。優しくて美しいのぶ子に大輔はすぐに懐いたが、良多は決して受け入れなかった。だが反発はしなかった。ただ受け入れなかっただけだ。

まるで、その再婚がきっかけになったように、雲行きが怪しくなった。一日中家の電話が鳴り響いた。深夜にも電話が鳴り続けることがあった。父親はほとんど家に寄りつかず、のぶ子が電話に向かって謝っている姿を良多も何度か見ていた。

良輔は負けがこんでいた。それを取り戻そうと大きな勝負に出て失敗した。財産を失ったばかりか借金も抱え込んだ。夜逃げ同然で八王子に移り住んだのだった。

良多と大輔は公立学校に転校させられ、習い事はすべてできなくなった。家にあったピアノが心残りでいつまでも忘れられなかった。だが四人で暮らすのにも窮屈な小さなアパートの部屋に置けるわけもなかった。

それは良多が小学四年生の時だった。

いっそのこと本格的な夜逃げの方が良かった、と後に良多は思った。

引っ越すその日に、良多は成華学院に行かされた。担任の老女教師が沈痛な面持ちに沈んだ声で「野々宮くんはご家族の事情により転校することになりました」と告げたのだ。それだけで良多は〝ワルモノ〟になったような気がした。仲の良かった友人、仲の悪かった生徒、そのどちらでもなかった生徒。全員が異物を見るような目で良多を見ていた。そして何人かは笑っていた。それは良多のことを笑っているのではなかった。恐らく友達とふざけて笑っているだけだった。彼らにとって良多がいなくなることなど、どうでもいいことなのだ。

良多はそれまで仲間だと思っていた、その学校の同級生たちのグループから脱落したのを強烈に意識した。自分より明らかに〝バカなヤツ〟もいるのに、そいつらではなく自分が落伍《らくご》する理不尽。

良多は、味わうには早すぎる苦しみを知った。だがそれは良多を成長させもしたのだ。

父親は様々な職種の会社に就職したが、株でいくらか儲けると、すぐに辞めてしまう。だがその金もすぐに株や競馬でなくした。そしてまた就職口を探す。父親が転職する度に通勤のために転居を繰り返した。

結局、元の生活に戻ることはなかった。低い場所で浮き沈みがあった程度だ。

「あ、お茶か」

大輔は立ち上がって、キッチンでお茶を淹れているのぶ子の手伝いに行った。

兄は公立高校を出てそのまま、街の小さな不動産屋に就職したのだ。

良多は復讐を果たした。地域で一番の公立高校に進み、そこで最高の成績を収め、奨学生として成華学院大学の建築学科に入学したのだ。

父親の援助は一切受けていない。そもそも父親にその財力はなかった。大学に入ってからも勉強に打ち込んだ。初等部上がりのお坊っちゃまたちを徹底的に軽蔑していた。

高校卒業と同時に家を出ていたので、家庭教師のアルバイトをした。それと大学の勉強だけで大学生活は明け暮れた。唯一、彼が息を抜いて楽しめる時間がバンドだった。サークルにはほとんど参加できなかったが、ギターには夢中になった。早朝に格安で借りたスタジオでの鈴本とのセッションの楽しさ……。

「お母さんもあてが外れちゃいましたよね。こんな苦労させられて」

また大輔の声で回想から引き戻された。父親と兄に久しぶりに会っていくらか感傷的になっているのか、と良多は小さく自嘲した。

良多は照れ隠しにキッチンに声をかけた。

「買う馬券を間違っちゃいましたよね」

もちろん良輔に当て擦《こす》っているのだ。

良輔は睨んでいるが、良多は無視した。もう父親は怖くない。昔は声をかけるのも恐ろしかったものだ。完全にその支配下にいたと言っていいだろう。だが大学に自力で入ってからは違った。もう父親は大きな存在ではなかった。

良輔は良多の横顔を睨みながら言う。

「小さい頃にそれなりの学校に行かせてやったから、お前は優秀になったんだ。あの学校に支払った金があれば、お前、負けなんて取り返して今頃はいい暮らしをしてたはずで……」

もう何度も聞かされた話だった。この話にはバリエーションがある。〝お前には俺の優秀な遺伝子を授けてある。だから優秀なんだ〟というものだった。

どちらにしても兄の存在がその論拠を否定していた。兄も成華学院に良多よりも三年も長く通っていたし、同じく父親の遺伝子を半分受け継いでいるのだ。

所詮、酔っぱらいのたわごとでしかない。

良多は無視して寿司をつまんだ。鯵《あじ》が臭かった。ウィスキーで流し込む。

良多は酒に強かった。だがほとんど飲まない。それは父親を反面教師にしているからだ。

「バクチの才能ないからな、私も」

そうおどけてみせながらのぶ子は大輔が運んだお茶を配る。

「じゃ、僕は母さんに似ちゃったかな」

大輔もおどけてみせるが、笑うのはのぶ子だけだ。

「でも、しょうがないわよね。夫婦ですから」

のぶ子は羽振りがいい頃の良輔と結婚したのだ。それなのに〝いい目〟はほとんど見ていないはずだった。

良輔は自分のための薬の入った袋をのぶ子に手渡した。のぶ子はその袋から一回分を取り出して、良輔の前に一錠ずつ並べてやっている。

父親は動脈瘤があって右足がいくらか痛そうなのだが、それでも、歩けないわけでもないし、薬を飲むのに手伝ってもらうほどでもない。

「そんなに背負わなくてもいいじゃないですか。これじゃ、介護ヘルパーと変わらないですよ」

良多が冗談めかして父親を皮肉った。

良輔が不満げに唸《うな》るのを聞いて、またのぶ子が冗談で紛らす。

「あら、ヘルパーだったら時給千円はもらわないとね」

「バカ、それじゃ、俺の稼ぎより高いじゃないか」

珍しく良輔が冗談を言った。酔いが回ってきたらしい。

「三年もやってるのにずっと〝やさしい花〟ばっかりだ。うるさくて昼寝もできやしない」

良輔は開けた窓の向こうに見える家から聞こえてくるピアノの音に文句を言った。

「ちょっと、聞こえますよ」

大輔が注意する。

「聞こえるように言ってんだよ」

強権的でマッチョなところは昔と変わらない、と良多は思った。ピアノは唯一、父との思い出があった。良多がピアノの練習をしていると、酔った父親が連弾をしたがるのだ。決して上手とは言えなかったが、一度耳で聞いた音楽を覚えていてピアノで弾いて再現することができた。

右足を揉みながら、良輔が切り出した。

「それで、会ったのか？」

最初からこの話をするつもりだったのか、と良多は思った。余計な口を挟まれるとやっかいだから、知らせていなかったのだ。おそらく兄から伝わったのだろう。それでも良多は「え？」ととぼけてみせた。

「自分の子にだよ、本当の」

「会いましたよ」

素っ気なく良多は答えた。父親とこの話をするのが嫌だった。

「似てたか、お前に」

良多は黙ってウィスキーを飲んだ。

「似てたんだろう？　そういうもんだよ、親子なんて。離れて暮らしてたって、似てくるもんさ」

良多は耳を塞いでしまいたかった。決してみどりの前では口にしていないが、良多は父親と同じことばかり考えていた。

「勘弁してほしいな。なあ……」

大輔がまたふざけてみせる。だが良多は相手にしなかった。

「血だよ」

なおも父親は良多に言い募る。

「いいか？　血だ。人も馬もおんなじで、血が大事なんだ。これから、どんどんその子はお前に似てくるぞ。お前の子は逆にどんどん相手の親に似ていくんだ」

良多はもう一口ウィスキーを飲んだ。もうほとんど残っていない。

「早く子供は交換して、二度と相手の家族とは会わないことだ」

良多は鈴本に言われた言葉を思い出した。〝ファザコンだったからな〟という言葉を。今はその言葉を否定できなかった。

「そんなに簡単にはいきませんよ」

良多は父親の顔は見ずに言った。

父親がフンと鼻でせせら笑うのが聞こえた。


ほとんど良多が箸をつけなかった寿司は、尿酸値をしきりに気にしながらも大輔がたらふく腹に詰め込んだ。父親も少しつまんだが、ウィスキーばかり飲んでいた。

良多がそろそろ帰ると切り出すと、足が痛いはずの父親が真っ先に玄関に向かった。

昔からせっかちだった。家族でデパートに買い物に行っても自分の分だけさっさと買ってしまうと、妻や子供たちの買い物を待ちきれずに帰宅してしまったりしたものだ。

あれはまだ実の母親がいた時の記憶だ。良多が小学生に上がるか上がらないかの頃だった。母親はそんな父親を「嫌な男！」と本気で子供たちの前で罵っていた。もうあの頃から夫婦の関係はおかしくなっていたのだ。

そんな父親を心配して、すぐに大輔が後に続く。これも昔から変わらない。

「そこ危ないですよ。滑るから」

玄関から足を引きずって出た父親の足元が濡れているのを心配している。

「見えてるよ。うるさいな、いちいち。女房か、お前は」

良輔は酔うと少し口が軽くなって怒りながらも冗談を言う。

「親切で言ってるんじゃないですか。嫌われますよ、そんな憎まれ口ばかり言ってると」

大輔の言葉を聞いて玄関で靴を履いていた良多がぼそりとつぶやいた。

「もう嫌われてるよ」

ふと、良多は振り向いてのぶ子の顔を見た。やはり笑っていた。良多は慌てて目を逸らす。のぶ子はいつも哀しげな笑みを浮かべているような気がする。

——だがあの日、あの時の顔は驚きと哀しみと失望が入り交じり……。

「お父さんはあんなこと言ってるけど……」

アパートの前を歩きながら、のぶ子が語りかけた。珍しいことだった。昔からそうだったが、慶多が生まれた時の一件があって以来、特に積極的に話しかけてくることは、ほぼなくなった。

「血なんてつながってなくたって、大丈夫よ。一緒に暮らしてたら情は湧くし、似てくるし……。夫婦でもそういうところあるじゃない？　親子ならなおさらそうなんじゃない？」

良多は返事をしなかった。前を歩く父親の背中を見つめている。

のぶ子はなおも言葉を継いだ。

「私はね……」

そう言ってからのぶ子は言いよどんだ。だがすぐに明るい調子で続けた。

「私はそういうつもりで、あなたたちを育てたんだけどな～」

やはり良多は返事をしなかった。

父親が良多に〝血が大事〟と告げた時、のぶ子は傷ついたに違いない。まさにのぶ子は血のつながらない難しい年頃の男の子二人を育ててきたのだ。父親の言葉を肯定してしまうことは、自分の存在意義を否定してしまうようなものだろう、と良多は思った。必死の抗議なのだ、と。

良多は返事をしないまま大輔と並んで歩きだした。

「また来てね、大ちゃん」

のぶ子が大輔にだけ声をかける。良多に嫌われているのは、分かっているのだ。

「はい」

大輔も愛想よく答える。

「それと、愛美《まなみ》ちゃんのパッチワーク、また見に行くからって言っておいて」

愛美は大輔の妻だ。良多と同い年のはずだった。彼女とも何年も顔を合わせていない、と良多は思った。顔が思い出せない。地味な印象しかない。

みどりはのぶ子とほとんど会ったことさえない。もちろん慶多もだ。それは良多が〝選択〟したことだった。

「お待ちしてます。じゃ」

大輔が別れを告げて、良多と並んで歩きだした。

するとその背中に良輔が声をかけた。

「次、来るときは花じゃなくて酒にしろよ」

大輔は笑って手を振って応える。

良多は呆れて首を振った。

慶多のピアノの腕前は、どうひいき目に見ても上手とは言えなかった。

発表会の課題曲に〝メリーさんのひつじ〟が慶多には与えられていた。もう二週間はその曲の練習をしているのだが、たどたどしい。

良多が帰宅してその姿を後ろから見ていた。つたなさはかわいらしさでもあったのだが、もどかしくも感じる。恐らく、と良多は思った。これからはますます〝もどかしさ〟が強くなっていくのだろう、と。

「でも、良かったわね、お父さん、大したことなくて」

みどりが良多のスーツを片づけながら言った。

「まんまと騙《だま》されたよ。無理して仕事抜けたのに」

良多はネクタイを外した。

「何か言ってた？　慶多のこと」

みどりは平静を装って訊いているが、良多からの返答を身構えて待っているのが分かった。

「いや、別に」

良多は言いながらダイニングテーブルにネクタイを置く。

「慶多、パパに〝お帰り〟言った？」

慶多は振り向くと「お帰り」とにこりと笑った。

「ただいま」

良多も笑顔になる。

良多はテーブルの上に絵があるのを見つけた。ネクタイにスーツの男を描いている。良多を描いた慶多の絵だった。その横に折り紙で作ったバラが二本ある。バラは良くできていた。セロハンテープも丁寧に几帳面に貼られている。バラの花も二本とも完全に相似形に作られていた。

絵はさすがにまだつたなさがあるが、それでも良多の特徴を良く捉えていて、一目でそれが良多だと分かった。

「それ、父の日の……。学校で作ったみたい」

みどりがキッチンに入って良多のために食事の支度を始めながら、言った。

「慶多、ありがとうな。凄く上手じゃないか」

良多は二本のバラをかざしてみせた。

「一本は、琉晴くんのパパにあげるんだよ」

慶多の言葉に良多はショックを受けた。胃の辺りがむかつく。

「ロボット直してもらったから」

慶多がまるで言い訳のように言ったが、恐らく良多のショックを感じ取ったからではない。慶多は本気で雄大に感謝しているのだ。

「そうか、本当に優しいんだな、慶多は」

どうにか良多はそう言ったが、その声からは魂が抜け落ちているようだった。

良多は翌日、早朝から慶多を斎木家に送り届けた。どうしても顔を出さなくてはならない下請け業者との会議が午後からあったのだ。

車を斎木家の前に停めると、慶多はすぐに車を降りて琉晴たちと遊び始めた。ゆかりからアイスをもらってご機嫌だ。雄大が琉晴に引っ張られて遊びに参加すると、さらに大騒ぎになる。良多も、雄大が子供を遊ばせるのが上手だ、と認めざるを得なかった。

前の道路で遊ぶ子供たちと雄大の姿は、どう見ても父親と遊ぶ四兄弟にしか見えなかった。雄大は慶多を特別扱いしていない。手荒いこともあるし、しっかりと抱きしめている時もある。

その様子を店の中から窓越しに見ている良多に後ろからゆかりが声をかけた。

「このままっていうわけにはいかないんですかね。全部なかったことにして」

それは強い主張ではなく、淡い願いのような言葉だった。

良多はちらりと背後に目をやった。そこにはまるで姉妹のように並んで立つみどりとゆかりがいた。

良多はもう一度、窓の外に目をやった。

雄大を見えない銃で撃って笑っている琉晴の姿は、良多が持っている昔の自分の写真と生き写しだった。

一方の慶多は大和に撃たれて死んだふりをしている。その大きな目はゆかりに似ていた。これは最初にゆかりに出会った時から思っていたことだった。みどりも恐らくそう思っていただろう。だがどちらもその話は決してしなかった。

「これからどんどん慶多は斎木さんの家族に似てきます。逆に琉晴はどんどん僕らに似てきます」

良多は半ば無意識のうちに、父親の言葉をなぞっていた。それは最初から良多の心の中で渦巻きくすぶっていた想いだった。それが父親の言葉によって肉体を与えられたようなものだ。

良多はゆかりに向き直った。

「それを目の当たりにしながら、血のつながってない子供を今まで通りに愛せますか？」

良多の問いかけにゆかりは即座に反発した。

「愛せますよ！　もちろん！　似てるとか似てないとかそんなことにこだわってるのは、子供とつながってるって実感のない男だけよ！」

ゆかりは怒っていた。それは良多に対する怒りでもあったが、引き返せないところまで来てしまっているのだ、という痛恨の思いがあるように見えた。

「先に延ばせば延ばすほど余計に辛くなりますよ。僕らも、子供たちも」

良多はゆかりではなくみどりの目を見つめていた。

みどりは良多の目を真っ正面から見つめ返した。みどりの目は静かに何かを語っていた。

翌日の日曜日は、別のパートが子供の用事で休んだために、代わりにゆかりが出ることになっていた。だから日曜日の斎木家と野々宮家の合流はなしになった。

午前十時半には家を出なければ、間に合わないのだが、もうその時間になっていた。美結が珍しく泣いて、ゆかりが出かけるのを嫌がったのだ。雄大がいれば任せておけるのだが、今朝はクーラーの設置を依頼されて朝早くから出かけている。

ゆかりは自転車を出しながら、ようやく泣き止んだ美結にウィンクしてみせた。

「これで遊んでる」

美結が手にしているのはゆかりが作ってやった風車だった。

「いい子」

ゆかりは、大和の手を握ってあげている慶多に声をかけた。

「慶多、二人のこと頼んだね」

慶多は「うん」と力強く返事をして、美結の手も握った。

「よし、行ってくるよ」

「行ってらっしゃい」

三人が並んで手を振っている。立ちこぎをしながらも、ゆかりは大きく手を振った。

ゆかりが土日以外の毎日、パートに出ているのは近所の弁当屋だった。元々は肉屋だったが、作った弁当がおいしくて次第に弁当屋になったという個人商店だが、味が良いので繁盛している。

この日も十一時の開店から、客が引きも切らない。

ゆかりが担当しているのは接客とレジだ。

客が切れ始めたのは十二時半を過ぎてからだった。それでも日曜は二時頃まで客が多い。

一息ついてもう一人のパート仲間と話していると、表のショーウィンドウから中を覗く小さな影があった。

慶多たちだった。慶多が両手に美結と大和を連れている。慶多は困った顔をしている。美結は泣き止んでいるが、つい今まで泣いていた痕跡があった。

ゆかりは思わず笑顔になった。店に弁当を取りに来る約束になってはいたが、まだ時間が早い。どうやら泣いて母親に会いたがった美結を持て余して、慶多が連れてきたのだ。

「ちょっとごめん」

パート仲間に詫びて、ゆかりは外に出た。

「美結、泣いちゃった？」

慶多が困ったような顔でうなずく。

美結はゆかりに抱きついた。

「美結、あんたのために、スペシャル弁当を作ってもらったから、持って帰ってくれる？　お父さんの分も。それ食べ終わった頃に母さんも帰れるから」

美結は〝スペシャル弁当〟に心奪われていた。

「うん」

ゆかりは店に戻って作ってもらっていた弁当を袋に三つに分けて入れると引き返した。一番大きい弁当が三つ入った袋は慶多。弁当が二つの袋は美結。惣菜《そうざい》が四つ入った小さな袋は大和。

「持てる？」

慶多は顔を赤くして力んで袋を持っている。

「大丈夫」

「頼むよ。慶多のは唐揚げ一つおまけしてあるから、ちゃんと数えてね」

慶多の顔が輝く。

「気をつけていくんだよ」

「はーい、バイバイ」

子供たちは並んで帰っていく。

慶多が途中で振りかえる。ゆかりがウィンクをすると、慶多がウィンクを返した。両目を閉じてしまったからウィンクとは言えなかったが、確かにそれは愛情表現だった。

ゆかりは胸が熱くなった。それは慶多の初めてのウィンクだった。

慶多たちが家に戻ると、そこには雄大が待っていた。弁当を持ってピクニックに行こうと言い出した。宗薫に弁当を渡してから、雄大は子供たちを引き連れて裏庭に向かった。

その日は梅雨の間の久しぶりの好天だった。まだ陽差しが暑いというほどではない。レジャーシートを広げて裏庭でのピクニックだ。外で食べると食欲も普段より湧いた。慶多は唐揚げを五個も食べた上に、大和が残した唐揚げをもう一個食べてしまった。

食事を終えると、雄大がシートの上に寝ころがった。大和と美結に続いて慶多も寝そべる。

「夏になったらね。ここで花火して、プールに入って、スイカ割りしよな」

雄大の言葉に子供たちは顔を輝かせる。

「前もしたことあるよ、スイカ割り」

美結が言った。

「慶多も一緒にしよな」

雄大が呼びかけると、慶多はニコリと笑った。

「うん」

昨日のうちに、交換お泊まりは夏休みまでにやめるということが決まったのだった。

結局、慶多と琉晴は夏休みに入ると交換されることになった。話し合いは短いものだった。学期の変わり目がいいのではないか、と提案したのは良多だ。割り切れた、と良多は思った。図らずもそれは父親の良輔の言葉によって後押しされたものだった。

9

七月に入ってから良多はまた仕事に追われていた。頓挫しかけていたプロジェクトを立て直したのはいいが、構造上の大きなミスが発覚してその対応に追われたのだ。もちろん土曜日も日曜日も朝から晩まで仕事だった。

当然ながら、交換お泊まりにはまるで関われなかった。家に帰るとベッドに寝ているのが、慶多ではなく琉晴だったので、驚いたこともある。

交換お泊まりの最後の土曜日、その日も出社しなくてはならなかった。夜は早めに帰宅するとみどりに言って出かけたが、帰り着いたのは午後八時を回った頃だった。だがどうにか仕事は落ち着きそうではある。

開錠してドアを静かに開ける。まだ時間は早いが、二人とも寝てくれていた方がいい、と良多は心の中のどこかで願っていた。みどりは〝交換〟の日が近づくにつれてぎすぎすしていた。

リビングの明かりが消えていた。一緒に眠ってしまったのだ、と思ったが、話し声が聞こえる。

真っ暗な部屋の中でみどりが一人で楽しそうにしゃべっているのだ。

一瞬、良多はみどりの正気を疑った。

だが彼女はスマートフォンで誰かと話していただけだった。

良多はリビングの照明を点けた。

「ただいま」

みどりは部屋着だ。ソファの前のラグマットの上に座り込み、編み棒を一本だけ手にしている。編み物をしながら電話をかけたのだろう。

「あ、帰って来た。助かった。うん、ありがとうね」

みどりは電話を切ると、良多に「お帰り」と告げた。だが立ち上がろうとしない。

「琉晴は？」

「お風呂」

時計を見てみどりは「あ、もうこんな時間」と独りごちる。だがラグマットの上に座ったままだ。

風呂に入れたままで電話をしているなんて事故でも起きたら、と思ったが、それを指摘すると、みどりの怒りを買うということに気付いた。

「悪いな。任せっきりにして、明日はなんとか空けたから」

良多はみどりのご機嫌取りをしようとしたが、さえぎられた。

「別に。今までもずっとそうだったし、大丈夫ですよ」

軽い調子だったが、これまでにみどりが口にしないタイプの皮肉だった。

「誰と話してたんだ？」

良多が尋ねると「ゆかりさん」と答えて笑いだした。

「雄大さんね。五十過ぎたらサーフショップを開きたいって言ってるんだけど、本当はサーフィンできないんだって」

みどりはそう言って楽しそうにケラケラと笑った。

「ちょっと距離を置いた方がいいんじゃないか？」

良多の言葉にみどりの顔から笑みが消えた。冷ややかな目が良多を見つめる。

「母親同士、いろいろ情報交換しないといけないのよ。あなたには分かんないんでしょうけど」

反論を封じる〝女同士〟を盾にした当てこすり。これも昔は決してしなかった類のものだった。

それだけではない。みどりは良多の目を睨みつけながら、編み棒をラグマットに突き刺した。一度ではない。何度も、何度も、繰り返し。

「お前……」

良多は動揺を隠せず続ける。

「今日、鈴本から電話があったんだけどさ。あの看護師のところに嫌がらせの手紙が何通も送られてきてるらしいんだ。お前じゃないよな」

みどりは黙って編み棒をマットに突き刺した。

「……おい」

「それくらいされても当然でしょ」

「……そんなことしたって……」

みどりは編み棒をソファに放り投げると、立ち上がった。

「さあ、ご飯の支度しなきゃ」

やけに明るい声で言ってキッチンに向かった。

何かが狂い始めている、と良多は戦慄を覚えた。


翌日の昼過ぎ、良多は群馬に向かって車を走らせていたが、途中、首都高速を降りると寄り道をした。

良多は昨夜感じた戦慄を解消したかった。眠れぬままに考えて思いついたのが、この建物だった。

それは一昨年に良多が手がけたプロジェクトだ。ウォーターフロントに面して映画館、コンサートホールとプラネタリウムなどが収められた複合型の娯楽施設だった。娯楽施設の遊び心として、十五階建てのその巨大なビルには展望ルームが設けられている。シンボルとして存在するそれはライオンの顔のように見える。

「これはおじさんが作ったビルなんだ」

車を降りると、良多は琉晴に誇示した。このビルを琉晴に見せようと思った時に、良多の脳裏には雄大が修理したロボットのおもちゃがよぎったのだった。みどりも琉晴の機嫌が良くなれば、少しは前向きになってくれるだろう、と思った。それはいいアイデアに思えた。

「ふーん」

琉晴はビルを見ても興味を示さない。良多は車に目をやった。みどりは車から降りようともしないし、ビルに目を向けようともしない。

「あの展望ルームがライオンの顔に見えない?」

良多はみどりを無視して琉晴に声をかけた。

「ううん、見えない」

「じゃ、あの建物っていくらぐらいで作れると思う」

「分からん」

「四千億円だ」

「分からん」

琉晴はまるで乗ってこなかった。

「あれ、おじさんが作ったんだぞ」

良多はもう一度同じことを言った。

「一人で？」

「いや、たくさんの人がいるけど……」

「ふーん」

琉晴はつまらなそうにしている。まるで興味が湧かないようだった。

「いいや、もう行こう」

良多は不機嫌になりかけていた。車に戻ってバックミラーを見ると、みどりの冷ややかな目とぶつかり、慌てて目を逸らす。


最後の交換お泊まりは涙もなく、淡々と終わった。大人たちは感情を抑制していた。子供たちの前で醜態をさらしたくなかった。

そして、慶多が野々宮家の子供として過ごす最後の一週間が始まった。

月曜日は祝日だった。良多は仕事が一段落したこともあって朝から一日休むことができた。この日は慶多のピアノの発表会だった。きっとこれが最後になるだろう、発表会だ。斎木家でもピアノを習わせると言っていたが、それが実現されるとは思えない。

百人ほどが入れる小規模の公営のコンサートホールが会場だった。スーツ姿の夫婦ばかりが客席を占めている。みどりは何人かの知り合いと挨拶を交わしているが、良多に顔見知りはいない。

慶多の発表の順番は二番目だった。

慶多の演奏はひどかった。出だしでつまずいてから、ぼろぼろだった。何度も間違え、指の動きが止まり、挫折しかけた。だが慶多は何度も弾き直した。弾き直すたびに間違えた。練習でもここまでひどくなかった。

親と一緒に聞いている子供の何人かがクスクス笑いだして、親にたしなめられている。

どうにか最後の小節を弾き終えると、会場は拍手に包まれた。それは苦行から解放された感謝の拍手のようだった。

慶多は演奏を終えて、席に戻ってきた。良多は笑顔で迎えたつもりだったが、こわばっているのが自分でも分かった。声をかけることもできなかった。

「がんばったね」

隣でみどりは慶多を抱きしめている。

慶多がちらりと良多の様子をうかがうように見た。良多は笑おうとしたが、ぎこちなく顔が動いただけだった。

三人は席に座って他の子供の発表を聞いていた。

良多は五歳のヨシダアカリちゃんが弾く〝妖精の踊り〟に驚かされた。非常に複雑な曲だったが、赤いドレスを着たアカリは身体を揺すりながら全身でリズムをとってピアノを演奏した。五歳と思えない迫力があった。

演奏が終わると、拍手と共に感嘆の声があがった。

「うまいねぇ」

慶多がすっかり感心して拍手をしながらみどりに言った。

「本当ねぇ」

みどりも拍手をしながら応じる。

「慶多、悔しくないのか？」

良多の表情は硬かった。はっきりと不愉快そうな顔をしている。

「もっと上手に弾きたいって思わないんだったら、続けても意味がないぞ」

良多に叱られて慶多は拍手を止め、悲しげな表情で身体をこわばらせたまま、動かなくなった。

それを見ながら、みどりはむしょうに腹が立った。

ここのところ、交換お泊まりのせいで、慶多は練習時間が極端に減っていた。それだけではない。練習の時間にも集中できなくて、そのことを教師にも指摘されていたのだ。

その理由は明らかだ。理由も告げられずに知らない人の家にお泊まりさせられることが、慶多にどれだけ心の負担になっていることか！　それに気付きもせずに発表会だけを見て一方的に叱るだけなんて！

みどりはすべての思いをぶつけたくなったが、屈折した物言いになった。

「みんながあなたみたいに、がんばれるわけじゃないわよ」

みどりが低く鋭い声で言った。その目には悲しみがあった。

「がんばるのが悪いみたいな言い方だな」

良多も挑戦的な声になる。

「がんばりたくても、がんばれない人もいるってこと」

一言ずつ絞り出すような言い方だった。それは慶多のことだけではなかった。みどり自身がこれまで押し殺してきた良多への憤懣だった。

良多は確かに自分に厳しかった。だがそれを他にも要求する。まったく同じことを当たり前のように。そこにどんな事情があろうとも許されない。その先にあるのは叱責だけではない。軽蔑だ。

それを見ぬふりをして過ごせるのは幸せなことだったのだろう。今はもうそんなことはできない。

みどりは怒りを込めて良多を睨んだ。

良多は視線を逸らすことができなかった。圧倒されていた。

「慶多は……」

みどりは慶多の頭を撫でた。優しく愛おしむように。

「慶多はきっと私に似たのよ」

痛烈な皮肉だった。だが同時にそれはみどりの本音だった。慶多を育てたのは自分だ。良多ではない、と。

その日からの一週間も良多は残業が続いた。帰宅は深夜になった。良多は仕事に逃げた。みどりの顔を見るのが怖かった。慶多と向き合うのが苦しかった。だがそれを自分では決して認めなかった。忙しいのだ、と言い聞かせた。部下の仕事を奪ってまで時間を潰した。

だが、ついにみどりと向き合わねばならない時がきた。

良多は六時には会社を出た。まだ陽差しがあって暑い。駐車場へ向かおうとすると波留奈に呼び止められた。仕事も落ち着いたし、みんなで飲みに行こうと誘われた。

行ってしまおうか、と心が動いた。なにもかも忘れて泥酔したかった。家に帰りたくなかった。

だが断った。家で用事があるから、と。

波留奈は苦笑して言った。

「奢《おご》ってあげようと思ったのに」

良多も苦笑で答えると駐車場に向かった。

「寝た？」

リビングのソファで良多はタブレット端末の電源を落とした。みどりと向き合わないように食事を終えてから端末で仕事をしていた。正確に言えば一割は仕事で残りはネットサーフィンだった。

みどりが寝室で慶多を寝かしつけて戻ってきたのだ。いつも通りを装って声をかける。

だがみどりの顔を見て、声をかけたことを後悔した。

みどりは真っ青な顔をしていて、目には涙を浮かべている。その目が良多を見据えていた。

「あなたの言う通りにしたのに、結局、慶多を手放すことになるのね」

良多は黙ってみどりの言葉に耳を傾けた。こちらにも言い分はある。

「あなた言ったわよね。〝俺に任せとけ〟って。それなのに……嘘つき」

言い募るみどりに、良多の顔が険しくなった。

「あれは計算外だったんだよ、俺も」

精一杯の虚勢を張っているが、良多は失敗を認めているのだった。

あんな醜悪な計画が成功するはずがなかった。みどりはもうそこを責める気はなかった。問題はその本質にあるのだ。

「あなたは最初から決めてたのよ。慶多との六年間より、〝血〟を選ぶって」

みどりの追及は良多をたじろがせた。分かっていたのだ。

「そんなことないって……」

良多は大きな声を出して、優位に立とうとした。だがみどりがさえぎった。

「あなた、慶多がうちの子じゃないって分かった時、なんて言ったか覚えてる？」

今度は良多は手を振ってみどりを制した。

「覚えてるよ！」

良多が吐き捨てるように言った。

「なんで分かんなかったんだ、ってお前のせいにしようとしたよ。でも、入れ換えられたのは七月三十一日だから、俺も慶多が替わっていることに気付いてなかったんだ。あの時は悪かった……」

立ち上がって謝りながら良多はみどりに近づいた。

みどりはその手から逃れて窓に向かった。

「ちがうわよ。そんなことじゃない！」

みどりは窓ガラスの向こうに見える美しい夜景ではなく、ガラスに映る良多の苦しげに歪んだ顔を見つめていた。

「あなたはこう言ったの。〝やっぱりそういうことか〟って。〝やっぱり〟って。……〝やっぱり〟ってどういう意味？」

あの弁護士のところからの帰り道のことか？　良多とてショック状態だった。あの時の記憶は靄《もや》がかかったように朦朧としている。だが激しい言葉で罵ったような記憶はある。だが〝やっぱりそういうことか〟などと言ったのだろうか？　そんなことを……。

「あなたは慶多があなたほど優秀じゃないし、強くないのが、最初から信じられなかったんでしょ？」

図星だった。塾に通わなければ合格できない慶多、ピアノがまったく上達しない慶多、他人と競い合うことを逃げる慶多……。

良多は凍りついてしまったように動けなくなった。

「あの一言だけは、私、一生忘れない」

みどりが振り向いた。その顔は涙で濡れて歪んでいた。これまで見たこともないほどの憎しみにその目は燃えていた。

恐らくもう二度と狂った歯車は元には戻らない。

立ち尽くしたまま良多は家族が崩壊する音を聞いた。

暗闇の中で二人の会話を聞いている者がいた。彼はその大きな目を見開き、身動きすることもできずにベッドの上にいた。

翌朝の食卓は、普段よりも会話が多いぐらいだった。もちろん良多とみどりは直接会話はしない。慶多に話しかけ、慶多を通じて、会話していた。

その会話の中で良多は慶多に尋ねた。どこか遊びに行きたい場所はないか、と。だが慶多は答えなかった。何度もしつこく尋ねると、どこにも行きたくない、と小さな声で言った。

良多は半ば強引に慶多を公園に連れて行った。

良多が慶多を連れて遊びに来たのはもう二年も前のことだった。その時は日曜日のお昼前の時間でひどく混んでいたのを思い出した。遊具を〝強い子〟たちが独占していて、慶多はまったく近づくことさえできなかったのだ。「パパが替わってと言ってやる」と誘っても慶多は「帰りたい」と言った。

時間が早いせいもあってか、今日の公園は閑散としていた。なにより陽差しが強かった。朝からすでに三十度を超えているとテレビで騒いでいた。猛暑の予感がした。

公園にたどり着くと汗をびっしょりとかいていた。普段、ほとんど運動をする時間がないので、久しぶりに汗を流したためか、疲れていた。

地球儀を模した球形のジャングルジム――慶多は〝回転ジャングル〟と呼んだ――を見つけて、そこに乗り込んで座る。

「回してあげる」

慶多がそう言って力を込めた。全身を使って押すとゆっくりと回転しだした。

「凄いな」

「1、2、3……」

慶多はなおも顔を真っ赤にしながら数を数えて回転を加速させていく。

「凄いぞ」

慶多がちらりと良多の顔を見た。そこには誇らしげで嬉しそうな表情があった。

慶多はある程度回転させると、「せーの」と言って、飛び乗った。

良多はその鮮やかさに思わず感嘆の声をあげた。

「おお、凄い、凄い」

慶多は今度は照れくさそうだった。だが、やはり笑顔になっている。

回転すると風が頬を撫でて気持ちよかった。

良多はカメラを手にした。

「はい、いくよ、せーの」

慶多は照れずにレンズに向かって笑うとピースをしてみせた。

「僕にも貸して」

フルサイズの大きなカメラだった。重量もある。コンパクトカメラで事足りるのだろうが、良多は不便さよりも性能を選ぶ。

慶多にカメラを手渡した。まだ慶多には重すぎるようで、うまく構えられない。以前から何度か触らせたこともあるので、シャッターの位置は分かっており、ぎこちなく持ってシャッターに指をかけた。慶多は良多の顔にレンズを向けて、シャッターを押した。押す際に動いてしまったのでブレているかもしれない。

良多はそのカメラを買った時のことを思い出した。慶多の出産予定日の一週間前だった。仕事がピークで買いに行こうと思っても、抜けられなかったのだ。あの頃はサブリーダーの位置だったので、雑務も任されていて本当に一分一秒が惜しかった。それでも昼休みを利用して会社のそばにある電気量販店に駆け込んで、購入した。

つまり、このカメラは慶多のために買ったものだった。

「そのカメラ、慶多にあげるよ」

慶多は良多の提案に驚いたようで、カメラと良多を交互に見比べた。そして首を横に振った。

「どうして？　いらないの？」

「うん、いらない」

慶多がこれほど、はっきりと答えたのを良多は初めて目にした。

「そうか」

良多は怪訝《けげん》そうに笑って、差し出されたカメラを受け取った。

その夜は唐揚げだった。慶多との最後の夜はみどりが腕を振るった手作りの唐揚げだ。骨つきの肉を使って骨の部分に飾りが施されている。

その唐揚げが大皿に山盛りになっている。三人で食べても、とても食べきれない量なのは一目見て分かった。

慶多は喜んだ。珍しいほどに大喜びして、次々と唐揚げを頬張った。

その顔を見ながらみどりは、この味を忘れないで、と思った。ゆかりさんの唐揚げも、どんな高級店の味も、ママの作ってくれた唐揚げには敵わないって思ってほしい。一生、永遠に忘れないで、とみどりは祈るような気持ちになった。

だが決してそれは口にできなかった。ただ唐揚げに気持ちを込めることしか。


唐揚げは三分の一ほどが手つかずだったが、慶多も良多もみどりも満腹だ。

みどりは即座に明日の河原遊びの時には弁当に入れようと思ったが、この暑さでは食中毒が心配だった。明日の朝にもう一度弁当用に揚げよう、と思い直した。すぐにでも買い物に出かけたくなった。近所のおいしい肉屋の閉店時間が近い。立ち上がりかけて、二日連続で唐揚げはやりすぎだ、と気付いた。それに明日はゆかりが唐揚げを持ってきてくれるかもしれない……。明日から慶多は斎木家の子供になる。

みどりは表情を失った。青ざめた顔で慶多を見つめ続けた。

「いいか、慶多」

ダイニングテーブルで良多は慶多に呼びかけた。

慶多はまだ口を唐揚げの油で汚したまま、良多に顔を向けた。

「向こうのおうちに行ったら、おじさんとおばさんをパパとママって呼ぶんだぞ。寂しくても泣いたり、電話してきちゃダメだ。約束だ」

良多の声は厳しかった。

「ミッション？」

慶多がおずおずと尋ねた。

「うん、ミッションだ」

良多は慶多がその言葉を覚えていたことに驚いていた。初めてその話をした時にはぼんやりとした反応しか返ってこなかったような気がした。だがしっかりと覚えているのだ。

「いつまで？」

慶多が首を傾げる。かわいらしいしぐさだ。だが良多は「女みたいだ」とみどりに言って嫌な顔をしたことがあった。今はそのしぐさが切ない。

「決まってない」

永遠、と言いかけて、途中でやめて取り繕ったのだ。昨夜考えたことを頭に浮かべて続ける。

「慶多はさ、なんでこんなミッションなんかやるんだろって思ってるだろうけど、十年経ったらきっと分かってくれると思うんだ」

慶多には十年がどれくらいなのか分からなかった。まだ時計もちゃんとは読めないのだ。

ただそれは凄く長い時間なのはなんとなく分かった。

「琉晴くんのお家でもピアノするの？」

慶多は尋ねた。〝優秀〟になるのにはピアノがたいせつだった。

「どっちでもいい」

慶多は驚いて良多の顔を見て、目をしばたたかせた。〝優秀で強く〟なるためのミッションなのにピアノは〝どっちでもいいの〟？

「慶多が続けたければ続けなさい。ママが頼んであげるから」

みどりがショックを受けている慶多に言い聞かせる。みどりは油で汚れた慶多の口の周りと手をタオルで拭いてやった。丁寧にゆっくりと。

言うべきことは言ったから、もうすでに心を切り離しているのだ、とみどりは良多の横顔を見ながら思った。期日はきちんと守るのだろう。仕事ではそれが大切なのだ。それが親子の縁を解消する期日だとしても。

だがみどりはもう何も言わなかった。

ゆかりとの話し合いで、写真はこれまで撮り溜めているものを子供に持たせること に決めていた。もちろん親が手元に残したい写真は取っておいても構わない。だがそれを子供の目につくところに飾ったりしておくのはやめよう、と。

幼稚園などで作ったものや絵などもできるだけ子供に持たせること。

膨大な量の乳児の頃の写真を整理したアルバムを何冊も並べて、どうしても慶多に渡したい思い出深い写真を選んでいく。だがどれも選ばずにはいられない。やがてみどりは諦めた。アルバムの中から数十枚を選ぶと、アルバムごと、スーツケースの中にしまった。

壁に貼った写真、ピアノの上に並べられた写真を額から外す。考えた末にそれもスーツケースに入れた。幼稚園の年少の時に慶多が作った紙粘土の手形の壁掛けを手に取る。なんて小さな手なのだろう、とみどりはそっと手を重ねてみる。

それもスーツケースに入れる。

まるで自分の身体を引きちぎっているような気持ちになった。胃がキリキリと痛む。お気に入りのパジャマにタオル、歯ブラシ、コップ……。

みどりは思いを振り切るようにスーツケースのふたを閉じた。

込み上げてくる涙を拭いながら、みどりは寝室に駆け込んだ。そこには慶多がすやすやと眠っていた。まるで何も知らないかのように、安らかに眠っている。

みどりはもう一度涙を拭うとそっとベッドの上に横になって慶多の寝顔を見つめた。静かに手を伸ばすとその頬に触れ、その髪に触れた。

良多は書斎にいた。慶多は珍しく十時過ぎまで起きていたが、十時半になると倒れるように眠ってしまったのだ。

それから良多は書斎にこもった。机に向かっていたが、何もできなかった。ただ考えていた。なぜ慶多はあれほどはっきりとカメラを「いらない」と言ったのかを。

だが何時間考えても答えは出なかった。

烏川《からすがわ》の河原にはほとんど人がいなかった。かなり離れたところに水遊びをして騒ぐ高校生のグループがあったが、離れていて気になるほどではない。

その場所を選んだのは斎木家だった。雄大は軽ワゴンにバーベキューセットや食材、遊び道具などを満載していた。

やはり今日も良多たちが先着して雄大たちを待つことになったが、雄大は手慣れた様子でバーベキューコンロに炭を積み上げてマッチと新聞紙だけであっという間に着火させてしまった。

それでも炭がおこるのに数十分かかるから、その間に雄大は積んできたおもちゃで子供たちと遊び始めた。

みどりとゆかりはコンロの前で火の番をしながら、子供たちが遊ぶ姿を黙って見つめている。

ゆかりの顔には微笑がある。子供たちがふざけ回る姿はいつ見ても楽しい。現実を忘れさせてくれる。

みどりの顔にも微笑がある。だがそれはゆかりの前だからできる表情だ。何かの拍子にその顔から表情がすとんと抜け落ちてしまう。そして慶多を見つめるその目には悲しみに満ちたまなざしが宿る。

パラソルを広げて、テーブルも用意されていた。折り畳みの椅子は人数分には足りなかったが、不揃いながら七脚が用意されていた。いずれにしても子供たちは遊ぶのに夢中で座っていないだろう。

良多はみどりたちの側にはいづらくて、少し離れたところにある大きな岩を椅子代わりにして座って子供たちが遊ぶのを眺めていた。

雄大が凧を車から取り出して、あげようとしていた。子供たちは、雄大の足元に固まって見守っている。だが、すぐに雄大は諦め、子供たちは柔らかいサッカーボールを追いかけ始めた。

雄大がコンロの火加減を見てから、にこにこしながら良多の方にやってきた。

「凧あげ、ここはダメやわ。なんか鮎《あゆ》を守ってるんだって。ここからじゃあんまり見えないけど、川の上にテグスが張ってあって、鳥が近づけないようにしてるみたい。あれじゃ凧がからまっちゃう」

良多はうなずきながら、成華学院の慶多の面接を思い出した。慶多は面接官に夏の思い出として〝父親とのキャンプと凧あげ〟と嘘を答えていた。

それを雄大が叶えようとしていた。慶多は雄大にそんなことまで話しているのだろうか？　それともただの偶然なのか……。

「最近の凧は簡単にあがってオモロないな。俺らの頃はさ……」

そう言ってから雄大は良多の顔を見て笑った。

「あ、まあ、俺の方が少し上やけど、親父が、竹ひごと障子紙で作ってくれて、新聞紙切って作った足があって。あれがうまくあがらなくて……」

するとと良多が首を振った。

「僕の父は子供と一緒に凧あげするような人じゃなかったんで」

雄大は良多の言葉を聞いて怪訝そうな顔をした。

「そうなん？　でもそんなん真似せんでもええんとちゃうの？」

雄大の言葉には非難しているような口調はなかった。単純に思っていることを口にしているだけだ。

その通りだった。嫌っている父親をいつの間にか真似ているのだ。

「琉晴には、やってあげてくれよ」

雄大はぺこりと頭を下げた。

「ええ」

雄大は子供たちのサッカーに加わるために河原を走って行ってしまった。


バーベキューと持ってきた弁当を子供たちは良く食べた。だが大人たちは一向に箸が進まなかった。ゆかりとみどりはどちらがどちらの子を世話すればいいのか牽制《けんせい》し合ってる感じがあって、結局は小さな子たちはゆかりが見て、琉晴と慶多をみどりが見ながら食事をしたのだった。雄大はもっぱら焼き肉の係だった。以前に沖縄料理の店を持っていた時期があるとかで、彼は〝沖縄風のタレ〟で肉に下味をつけてきていた。それが沖縄風の味わいかどうか分からなかったが、おいしいのは間違いなかった。

コンロを片づけてゴミをすべて処分してしまうと午後の二時になっていた。その日は朝から薄曇りだったものの、午後になると雲が厚くなってきた。すると急に涼しい風が吹いて、半袖では寒いような気温になった。

みどりは黒く厚くなっていく雲を見上げながら、気分が塞いでいくのをとどめようがなかった。別れの時は着実に近づいているのだ。

だが子供たちは河原で遊び続けている。動き回るにはちょうどいい気温だ。

ゆかりとみどりは並んで立って、近づきつつある別れの時を共有していた。

「ああ見えて、怖がりでさあ」

ゆかりとみどりは、琉晴が慶多をからかっているのを見ていた。二人は何か揉めているように見える。ゆかりは琉晴を叱ろうとしたが、やめた。仲直りしたのか、唐突に二人は指切りげんまんを始めたのだ。

それを見てゆかりが話を続けた。

「夜、一人でトイレ行くの嫌がって、いつも私がついて行ってたんだけど、大和が生まれてからは急にお兄ちゃんらしくなってさ。大和のトイレトレーニングの時なんかは、自分がトイレに連れてくって言ってさ。張り切ってんだ」

ゆかりの声がかすれる。泣きそうなのだ、とみどりは思った。

「慶多もずっと弟が欲しいって言ってたの。でも……私……もう産めなくて」

みどりの言葉にゆかりがはっとしてみどりを見た。

もう六年も前のことなのだ。慶多を産んで退院するその日に担当の産婦人科の医師に告げられたのだ。「妊娠する可能性が非常に低く、妊娠できたとしても流産の可能性が高い。もし育ったとしても母体ともども出産時のリスクが高い。妊娠は避けるように」と。それを告げられた時に隣にいたのは良多だった。良多はみどり以上にショックを受けているように見えた。だがそのことでみどりを責めたりしたことは一度たりともなかった。

それ以来、みどりは良多に罪悪感を抱き続けていた。

「だから、慶多にこんな形だけど、妹と弟ができて、きっとそれは嬉しいと思う」

みどりは涙を溜めていた。ゆかりの目にも涙があった。

ゆかりがみどりの背中に手を添えてさすってくれた。それはみどりが泣いた時に母親の里子がしてくれるものと同じ温もりがあった。

みどりは泣きだしてしまった。

ゆかりはみどりをそっと抱きしめると、声を抑えて泣いた。

良多は五時を回った頃に慶多を呼んで、二人きりで川岸に並んだ。良多は慶多の隣にしゃがんだ。

「慶多、向こうのお家に行っても、何も心配しなくていいからな。琉晴くんのおじさんもおばさんも、慶多のこと大好きだって言ってたから……」

すると慶多は少し早口で良多の言葉をさえぎった。

「パパより？」

その言葉は良多の虚を衝いた。想像だにしない言葉だった。慶多なりに悩んでいたのだろうか？　良多には分からなかった。ただ、ここでは肯定しなくてはならないことだけは分かった。

良多は慶多の顔を見つめてうなずいた。

「ああ、パパよりも、だ」

慶多はその大きなゆかりに似た目で良多を見つめて何も言わなかった。

「みんなで写真撮ろうか……」

雄大が少し離れたところから遠慮がちに声をかけてきた。

「ええ」

「おいで」

雄大は慶多に手を差し出した。自然な動きだった。その雄大の手を慶多は自然に握った。二人は手をつないで歩いて行く。その後ろ姿は親子だった。

良多はその瞬間に胸が痛んだ。取り返しようのないことをしでかしてしまった……。良多はその気持ちを押しやった。気持ちをコントロールすることなど慣れたことだった。

雄大のカメラはとても小さなデジカメで、良多のカメラの十分の一くらいの大きさしかなかった。二人はカメラをそれぞれピクニックテーブルの上に重ねて乗せたクーラーボックスの上に置いた。

セルフタイマーをセットすると、雄大が良多に声をひそめて言った。

「笑おう」

良多はしばらくその言葉の意味が分からなかった。すると雄大がもう一度言った。

「みんなで笑おうよ」

誰もがこれから先の人生で何度も見ることになる写真になるはずだった。

「はい」

良多は笑顔を作って答えた。

「おーい、いくぞ」

雄大はシャッターを押して皆が並んでいる場所に走った。慌てて良多も追う。良多は恐る恐るみどりに寄り添って立った。みどりの前には慶多がいる。斎木家と野々宮家はほんの少しだけ間を空けて並んで立った。

暴れる大和を抱く雄大の前で琉晴はおどけてみせている。その横でゆかりは美結の肩に手を乗せている。

全員がどうにか笑顔を作った瞬間にシャッター音がした。


琉晴が初めて野々宮家の息子になった晩、良多はこの日のために〝野々宮家のルール〟のリストを作成していた。Ａ４用紙に箇条書きにされている。

「ストローはかまない」

テーブルで向かい合って座る良多が琉晴に〝ルール〟のリストを読みあげさせているのだ。

「英語の練習を毎日する。トイレは座ってする。お風呂は一人で静かに入る。テレビゲームは一日三十分。パパとママと呼ぶこと……」

琉晴は字を読むのが上手だった。慶多よりもうまい。だが、読むのをやめると、琉晴が顔を上げて良多に尋ねた。

「なんで？　おじさん、パパちゃうやん。パパちゃうよ」

「これからはおじさんがパパなんだ」

雄大もゆかりもそのことをしっかり言っていなかったのか、と良多は少し腹が立った。慶多には何度も言ってある。

琉晴はその話を初めて聞いたらしく、難しい顔をして良多を見ていたが、やがてキッチンにいるみどりを見た。みどりは曖昧に微笑むことしかできなかった。

「なんで？」

琉晴は良多に尋ねた。

良多は慶多と同じくミッションの話を持ち出そうと思ったが、琉晴はこれからしっかりと、しつけていかねばならないのだ。押し切ることにした。

「なんででも」

「なんで？」

琉晴も負けていなかった。同じ言葉を繰り返して押し返す。

良多は琉晴の顔を見つめる。琉晴は平然と良多を見返してきた。まったくこちらにおもねる気はないようだった。

良多は少し考えて、攻める方向を変えた。

「じゃあ、こうしよう。パパとママはあっちにいる。それは今まで通りでいい」

「うん」

琉晴が乗ってきた。

良多はそこを一気に攻め込む。

「その代わりにおじさんとおばさんを、お父さんとお母さんと呼んでもらっていいかな？」

琉晴の顔がまたこわばってしまった。

「なんで？」

また振り出しに戻ってしまった。だが必要なのは琉晴の理解ではない。彼がこれまで斎木家で培ってきた〝わがまま〟を矯正することだ。野々宮家のスタイルを押し通す。

「なんででもだ」

良多はやはり押し返した。

「なんででも、の〝なんで〟が分からん」

良多は琉晴の目を見つめた。だが琉晴の目の中に、怯えはない。

「そのうち分かるようになる」

良多が押しつけた。

「なんで？」

琉晴の目には挑戦的な色が浮かんでいるように見えた。慶多にはあり得ないことだった。ここまで抵抗するなんてことは考えたこともなかった。

「なんでもだ」

退いてはならない。良多はもう一度押した。

「なんででも？　なんで？」

挑戦しているのか？　それとも本当に単純に理解できないだけなのか？　良多には判断がつきかねた。ちらりとみどりに視線を移したが、視線を逸らされた。

説明してみようか、とも思った。だが上手に説明できる気がしなかった。良多にだってわからないのだ。

「なんでだろうな」

良多はつい、本音を口にしてしまった。

「なんで？」

琉晴はさらに訊いてきた。決して負けないのだ。

これには良多も返す言葉を失った。

それからしばらく良多は考え込んでしまった。〝なんで？〟そう、まさにそれがこの問題の核心だ。何度問いかけても答えはない。

「歯、磨こうか」

良多はそう言って琉晴が持ってきた歯ブラシを手にして、琉晴に渡した。

琉晴は良多から歯ブラシを受け取ると、なにやら鼻唄を歌いながら洗面台に向かう。それは勝利の歌のようだった。

琉晴と良多が押し問答をしている間、みどりはゆかりから託された段ボール箱を開けて洋服などを取り出した。それから斎木家の壁に貼られていたという世界地図。琉晴が特に気に入っているものだという。その下にはアルバムがあった。ゆかりも選ぶことができなかったらしく、どっさりと入っている。二つ目の段ボールにぎっしりと詰まっているのは、小学校や幼稚園で作ったと思われる様々な工作物だった。お絵描きが主だが、二つ粘土細工が入っていた。紙粘土で作って着色したもので、四本足の動物なのか、怪獣なのか判然としなかったが、どちらも頭に角がある。

両方ともユニークなので、キッチンのカウンターの脇に置いた。

写真も何枚か見ながら、楽しそうなものを選ぶ。その中に斎木家と初めて会った時に雄大に見せられた写真があった。プールで遊んでいるところを撮ったピンボケ写真だ。初めて見せられた時には、なんとも思わなかったが、今はその元気そうな姿が笑みを誘う。この数ヶ月の間で得た時間の濃さを感じさせた。その分、失ったのは慶多への……。

みどりはその思いを振り切った。考えても始まらない。ランドセル。そうだ。ランドセルのことを考えよう。

慶多のランドセルは今日のうちに斎木家に託したが、バーベキューセットなどを車に詰め込んできた斎木家は琉晴のランドセルを忘れていた。今週中にはノート類と一緒に宅配便で届くはずだ。

ただし教科書はすべて処分することになった。琉晴も慶多も夏休み明けには公立小学校に通うことになっている。うまくいけばそのまま使えると思ったのだが、どちらも採用されている出版社が違っていた。新しい教科書は夏休みの次の学校への登校日の時にもらえる手筈になっている。

慶多が私立の小学校に行く時には公立でもいいのではないか、と思っていたみどりだったが、今は心配だった。お受験塾でママ友達から聞かされる公立小学校の問題点は、誇張されていることを割り引いても恐ろしいものばかりだったからだ。

慶多の優しさを思ってみどりはそっとため息をついた。そして、ふと気付いた。

良多が子供に負けるなんてことが一度でもあっただろうか？

ご機嫌で長時間、歯を磨いていた琉晴はそのまま一人で風呂に入った。

良多も歯を磨こうと洗面台に立ってぎょっとした。洗面台の鏡に大きく絵が描いてあった。ロボットだろうか。よく見ると、それは歯磨き粉で描かれている。

風呂を開けて叱ろうか、と思ったが、風呂の中から遊んでいる声が聞こえてきた。早速ルールを破っている。

だが泣かれたりするよりはいいだろう、と良多は叱らずに歯磨きを始めようとした。だが鏡に映った自分の顔といたずら描きを見比べながら思った。

良多が息子に望んでいたもの。それを琉晴は持っていた。〝強さ〟だ。


斎木家の夕食はゆかりのパート先の弁当だった。「今日は疲れた」とゆかりが言い出したからだ。車を店の前に横付けしてみんなが欲しいものを選んだ。

慶多が食べたがったのはシューマイ弁当だった。確かにその弁当屋の看板メニューの一つでロングセラー商品だった。だがこれまで斎木家では頼んだ者はいない。斎木家はみな餃子が好きだった。

シューマイは邪道であり、餃子の亜流だと雄大はひとしきり熱弁を振るった。

家に帰ってからも、その話題でひとしきり盛り上がった。親に叱られることはあっても、からかわれるという経験のなかった慶多だったが、それは楽しかった。

賑やかな食事が終わって、雄大が子供たちを風呂に入れて、大和と美結をゆかりが寝かしつける。今日は一日遊んだので疲れたのだろう。七時には二人とも寝入ってしまった。慶多も一緒に布団に入ったが、眠れなかった。

雄大は風呂上がりに飲んだビールが効いたらしく、イビキをかいて寝入っている。

ゆかりは大和と美結を寝かしつけると、慶多の顔を覗き込んだ。慶多はとっさに寝たふりをした。

ゆかりはそっと起き上がって部屋を出ていった。しばらくすると風呂を使っている音がした。

慶多は哀しくて切なくて胸が張り裂けそうだった。眠れなかった。

やがて慶多は静かに起き上がると、雄大の店の方に歩いていった。

そこには家にはない大きな電話があったはずだった。

慶多はみどりに「おやすみ」を言いたかった。それだけだ。良多にはしてはいけないと言われたが、「おやすみ」を忘れる方が悪いんだ。

だが慶多は電話のところまでたどり着けなかった。店はシャッターが下ろされ、照明は完全に消えて真っ暗になっていた。

暗闇の中に進む勇気はなかった。

だが慶多は諦めることもできなかった。慶多は店と母屋の境で立ち尽くしていた。

まもなく慶多はその場所にしゃがみ込んでしまった。

「泣かない、ここで泣いたら本当に〝強く〟なれない」そんなふうに思った。

「あれ？　どうした？」

膝を抱えて座り込んでいる慶多の背後からゆかりが現れた。パジャマに着替えて濡れた髪をタオルで拭いている。

慶多は顔を上げようとしなかった。

「ああ、故障しちゃったかな？」

ゆかりはそう言うと慶多を後ろから抱き上げて、立たせた。それでも慶多はうつむいたままだ。

「よ～し、じゃ、おばちゃんが修理してあげよう」

それは雄大が慶多のロボットを修理した時と同じ手順だった。慶多の腹のフタを開ける。

「パカッ！　ヨーシ、開いた。キュイーン、キュイーン。ここかな？　ここかな？　こうかな？　ああ、ここがイカレてる」

ゆかりはツンツンと慶多の腹を指先で突ついて、脇腹をちょっとくすぐった。慶多は身をよじって我慢していたが、ついに顔を上げて笑ってしまった。

「どう？　直った？」

慶多は黙ってゆかりを見ていたが、うなずいた。

ゆかりもうなずき返す。

ゆかりはそっと手を伸ばすとゆっくりと慶多の背中に手を回して抱いた。壊れ物を抱くようにそっと。

慶多はゆっくりとゆかりの背に手を回した。ゆかりのシャンプーの匂いがした。みどりとは違う匂い。

その手の温かみを感じて、ゆかりはより強く慶多を抱きしめた。

目の前の悲しんでいる子供。その悲しみを減らしてあげたい。ゆかりにとって、それはどこのどんな子が相手でも当然のことだ。

だが、琉晴との関係、琉晴への想い、琉晴への愛、それは私だけのものだ。何もかも変わりはしない。変わるわけがない、とゆかりは心の中でつぶやいた。

10

午前中の一番仕事がはかどる時間に、良多は部長の上山に呼び出された。珍しいことだった。上山は腰の軽い部長で、折に触れて自分の管轄する課を見回っては声をかける。そのほとんどが雑談のようなものだったが、それが部下との信頼関係の構築の一助となっているのは明らかだった。

仕事を中断されたが、良多は嫌な気はしなかった。上山との会話は楽しかったし、学ぶことが多かった。

ガラス張りの部長室の前まで来ると、上山が笑顔で手を上げて、良多を招き入れた。良多は子供の交換の件だな、と思った。まだ報告していなかった。上山の提案である〝両方引き取る〟のに失敗していたから、話しづらかったのだ。

だが部屋に入ると、すぐに良多はしまった、と思った。部長のデスクの上には週刊誌が置かれていた。その週刊誌には取り違え事件のことが書かれていた。もちろん実名は出されていないが、大手建設会社勤務の夫Aとして記事中に良多は登場している。

電車の中吊り広告にも小さく「いまどき！　赤ちゃん〝取り違え〟の奇々怪々」とあった。とはいえ、記事の内容は法廷での証言と取材を元にした穏当なものだった。

上山は良多がデスクの前に腰を下ろすと、週刊誌には触れずにいきなり異動を言い渡した。しかも二週間後という急で異例のものだった。

「技研って、宇都宮のですか？」

良多には事態が飲み込めていなかった。あまりに乱暴な異動だった。技術研究所は良多が所属する建築設計本部とは対極にある部署だった。設計本部が〝華〟なら技研は〝土〟だった。しかも地中の奥深く。

上山に何かアイデアがあるのか、と思った。技研を通じて大きなプロジェクトを画策するという腹積もりを聞かせてもらえるのだ、と答えを待った。

「ああ」

上山は渋い顔でうなずいただけだった。

確かに技研の技術があって〝華〟は開くのだ。だが良多には向いていなかった。技術も知識も、経験もすべて建築設計本部一筋で磨いてきたのだ。トップを突っ走ってきたという自負もある。

「なんで僕なんですか？　野原《のはら》でいいじゃありませんか」

野原はやはり設計本部のリーダーの一人だった。目立たない学究肌の男で技研との相性もいいはずだ。

「まあな」

上山は言って微笑すると、デスクの上の週刊誌に手を乗せた。

「だけど、お前も裁判を抱えてることだしさ」

「勘違いしないでくださいよ。僕は訴えられてるわけではないんですから」

ついつい声が大きくなった。

「分かってるよ、そんなことは。ただな」

上山が諭すような声で付け足した。

「お前はずっとアクセルを踏み続けて来ただろ。そろそろブレーキも必要だってことだよ」

即座に良多は反論した。

「何、言ってるんです。部長だってアクセル踏みっぱなしで、ここまで来たんじゃないですか……」

すると上山はかぶりを振って笑った。

「時代が違うよ。時代が」

突然にテレビのコメンテーターのような陳腐な返答をした上山に良多は呆気にとられてしまった。

「まあさ、ちょっとは家族のそばにいてやれよ。あそこなら嫁さんの実家にも近いだろ」

宇都宮と前橋は隣県ではあったが決して近くはない。東京からの距離と同じくらいに前橋と宇都宮は離れている。それを上山が知らないわけがない。

ようやく良多にも上山の腹の中が読めてきた。

「出来の悪い息子は勘当ですか？」

口調がシニカルになった。

「お？　逆だよ。かわいい子には旅をさせろ、さ」

上山はデスクの上のパソコンに目を向けた。出て行け、ということらしい。

「いつまでですか？　その旅は？」

「決めてない」

目を合わせずに上山は低い声でぼそりと言った。

良多は切られたのだ。もう恐らく永遠にこの部署に戻ることはないだろう、と理解した。パーティーでの波留奈の言葉が思い出された。〝一番怖いのは男の嫉妬〟という言葉を。上山は良多を自分の地位を脅かす存在と思っていたのだろうか？　上山のメンツを潰したことがあっただろうか？　上山はずっと良多の〝失敗〟を願ってきたのだろうか？　いや、上山自身もそれは無意識だったのかもしれない。そこにこの

〝取り違え〟の件が持ち上がった。上山は冷酷に良多を見限った。それが答えだ。

良多は上山の息子ではなかった。養子でさえなかった。ただの使い勝手の良い部下の一人だったのだ、と気付いて、良多は苦しくなった。

〝両方とも引き取っちゃえよ〟という上山の提案はどうだ？　親身になっているからこその発想ではないか？　いや、と良多は思いなおした。あの言葉もそもそも、相手家族との揉め事が起こるように画策したのではないか……。

疑心は良多を捉えて、次々と憶測が芽生える。

良多は部屋を出て行こうとした。

だが新たな疑念が良多の足を止めさせた。聞かずにはいられなかった。

「僕の後釜は誰なんです？」

上山はパソコンを操作しながら返事をしなかった。

「波留奈ですか？」

良多は少し大きな声を出した。

パソコンに夢中になっていて聞こえていなかったようなふりをして、軽く驚いてみせている。それまで敬愛していた上司がひどく薄っぺらに見えた。

「ああ、そうしようと思ってるんだけど、お前、どう思う？」

まるで相談するようにとぼけてみせる。良多は不思議と怒りを感じていなかった。

すべてがバカらしかった。

「いいと思いますよ。いろんな意味で貪欲だし」

軽い皮肉のつもりで言ったのだが、上山が驚いて顔を小さくしかめた。

それで良多は確信した。上山と波留奈は〝通じて〟いる。

「それ聞いて安心したよ」

すぐに笑顔になって上山は取り繕った。

「それでお前の送別会なんだけど、ちょっと今月忙しくてな……」

良多は聞いていなかった。

波留奈はこれで満足だろう。昔、自分を捨てた男を仕事で越えたのだ。

波留奈に飲みに誘われて断った時に〝奢ってあげようと思ったのに〟と言われたのを思い出した。あれは猿の世界で言うマウンティングだったのか。自分が上位になったことを確認するために。

悪意のある考えばかりが頭をめぐる。

だが次第に、そんなことはもうどうでも良くなってきた。

良多は苦笑しつつ、席に戻っていつも通りに仕事をこなした。

その夜もみどりと琉晴の二人だけの夕食だった。時間は六時。今日も暑かった。琉晴のリクエストで〝ざるうどん〟を食べている。
　みどりは琉晴を児童館に連れて行った。室内にある遊具やゲームが使い放題という
ところが琉晴はとても気に入ったようで、まるで顔を知らない同年代の男の子を誘っ
てウノというカードゲームを始めてしまったことに、みどりは驚かされた。
　その後、ゲームのルールを巡って小競り合いになったりしたが、総じて楽しく遊ん
でいた。
　それをみどりは〝琉晴には兄弟が多いからだ〟と思った。
　少なくとも慶多とはまるで違っていた。
　夕食時の話題はカップうどんについてだった。
「緑だけじゃなくて、黄色もあるよ。それと赤も」
　琉晴はカップ麺のうどんの種類をよく知っていた。それはもちろん斎木家の食に対
する考え方を反映していた。
　みどりは慶多にカップ麺を食べさせたことはない。
「その中で、どの色のうどんが好き？」
　みどりはまだ琉晴をなんと呼べばいいのか、と迷っていた。必要な時には〝琉晴く
ん〟や〝琉くん〟と呼んでいる。まだ呼び捨てにはできないでいるので、極力名前を

呼ばなくて済むようにしていた。

「赤やな」

琉晴は時折関西弁が混じる。もちろん雄大の影響だ。雄大の実家は滋賀にあるそうなのだが、琉晴は一度も行ったことがないし、雄大の両親に琉晴は会ったことがないと言っていた。

「赤って醤油味じゃなかったっけ？」

「わからん。なんで？」

琉晴の口癖は「なんで？」だった。とにかくこの一言で押し通す。口癖というより〝得意技〟に似ていた。良く言えば〝一途〟、悪く言えば〝頑固〟。その性質には良多の〝血〟が感じられた。

「なんでって、醤油って赤くない？」

「なんで？　黒いやん」

みどりは鮮度のいい醤油の色は赤いのだ、と証明しようとお中元でもらったまだ開封していない醤油を見せようと思った。

その時、スマートフォンが鳴った。みどりには予感があった。

斎木家からの電話だった。

「もしもし」

やはり慶多からだった。みどりは立ち上がって琉晴に笑顔を向ける。

「うんうん」

言いながら、みどりは寝室に移動して声をひそめた。

「いいよ。パパ、まだ帰って来てないから内緒にしておくから……」

みどりの声は明確には琉晴には届いていなかった。だがその声の調子だけで、誰と電話をしているのかは、琉晴に伝わっていた。


良多は夜の八時過ぎに帰宅した。みどりとの関係がぎくしゃくして以来、インターホンを鳴らして玄関に出迎えてもらうことはなくなった。みどりとは必要最低限のことしか話さない。会話ではなく報告だった。もう一つ変わったことがあった。良多はベッドで眠らなくなった。一人でソファで眠っているのだ。

その日も自分で鍵を開けて上がると、ダイニングテーブルに座っていたみどりが慌てて立ち上がってキッチンに逃げ込むようにして、顔を隠した。

泣いていたのだ。

琉晴の姿はない。風呂に入っている音が微かにする。また遊んでいるようだった。

良多は声をかけるべきか、迷った。だが今日はなぜか余裕があった。左遷を申し渡された当日なのだから、苛立ったりしそうなものだが、自分でも不思議なくらいに平静だった。

「どうかしたのか？」

カウンター越しに声をかけると、赤く泣きはらした目で一枚の画用紙を差し出した。

「琉晴が、今日描いたのか？」

みどりはうなずいた。

その絵を見て良多は深くため息をついた。


琉晴が風呂から上がるのを待って、良多は書斎に呼び出した。

琉晴は表情から感情が読めない子供だった。しょげている風でもないし、怒っているようでもない。だが少なくとも機嫌が悪そうなのは分かった。

「なんでこんな絵を描いたんだ？」

琉晴は良多の顔を見てはいるが、返事をしない。

「お母さん、泣いてたぞ」

琉晴は納得しなかったが、良多とみどりはお互いを〝お父さん、お母さん〟と呼ぶことになんとなく決まっていた。

琉晴はやはり返事をしない。

「謝らなきゃダメじゃないか」

琉晴は黙ったまま良多を見つめている。

良多も黙って、琉晴を見た。

琉晴は次第に飽きてきたらしくモジモジと身体を動かし始めた。

「もういいや。寝な。ほら」

ため息と共に良多は琉晴を放免した。

琉晴には悪意はなかったのかもしれない。ただ描いているうちにそうなってしまったただけのことなのだろう。

「おやすみなさい、を忘れてる」

部屋を出て行こうとする琉晴の背中に声をかけた。

琉晴は振り向くと「おやすみなさい」と言って部屋を出て行く。

「おやすみ」

ドアが閉められると、良多は絵を手にして眺めた。薄くなり始めた縮れ毛の長髪。チェックのジャケットを着た男性。その隣に立つのは大きな目にショートカットの女性。それは雄大とゆかりに間違いなかった。絵の上には大きく〝パパ　ママ〟と書いてある。

この日、良多とみどりの間には会話が成立していなかった。もし話し合っていたら、みどりは慶多から電話があったことを良多に黙っていられなかっただろう。

その絵を描いたのは、慶多から電話がかかってきた直後だったのだから。

それは琉晴による報復だ。

少なくともみどりはそう思っていた。


その日、琉晴を公園に連れて行った。家の中で二人でいると息が詰まりそうだった。それは琉晴も同じ気持ちだっただろう。

だが琉晴は慶多と違ってみどりと遊ぼうとしない。すぐに仲間を作って遊び始めてしまう。たくましかった。その公園で先日、児童館で遊んでいた子供と出会った。すぐに琉晴は、その子と一緒に児童館に行っていいか、と聞いてきた。いいよ、と答えると、友達になった子と琉晴は駆けて行ってしまった。

一人公園に取り残されたみどりは、児童館に向かわなかった。追いつくわけもない。慶多が好きだった遊具に近づく。それは〝回転ジャングル〟だった。みどりはそこに腰掛けて、慶多が初めてこれを回すことができた日を思い出していた。年長さんになったばかりの頃だった。他の子供がいない時間を見計らって、夕方遅くや朝早くにやってきてジャングルを独占して何度も練習したものだった。

初めて回した時の慶多の喜んだ顔。そこから回っているジャングルに飛び乗れるようになるまでも長い時間がかかった。飛び乗れた瞬間の誇らしげな顔。

みどりは慶多に会いたかった。抑えようがないほどに慶多に会いたかった。

慶多の七歳の誕生日を祝ってやりたかったのに……。

琉晴と慶多を交換してから四週間が経っていた。


良多は仕事から解放されていた。残務整理も引き継ぎの必要もなかった。すべてを波留奈が一緒に仕事を進めてきたのだから。波留奈は良多にも増して仕事に没頭していた。傍から見ても声をかけるのをためらうほどに傾注している。そして充実しているようだった。俺もあんなだったんだろうか、とまるで遠い昔のことのように、遠くから波留奈を眺めていた。

誰の目から見ても明瞭な左遷なので、同僚も後輩たちもどこかよそよそしく良多に接する。良多にしても声をかけたりはしない。

定時に出社して定時に退社する。その間は技研で与えられた屋上緑化に関するプロジェクトの資料にぼんやりと目を通していた。

朝から琉晴はピアノに興味を引かれたようで、しきりにその使い方をみどりに尋ねた。電源を入れて弾くのだ、と教えると、すぐに琉晴は鍵盤をメチャクチャに弾き始めた。曲を弾く気はないようで、慶多が置いていった入門のテキストを開いて教えようとしても、すぐに飽きてしまう。

やはりメチャクチャに弾くのが面白いようだ。そのうちに手で叩くのが痛くなったようで、肘や腕全体で鍵盤を叩くようになった。

みどりは音を気にしてボリュームを絞るが、すぐに琉晴が上げてしまう。最後には諦めて、それほど暑くなかったが、窓を閉め切ってエアコンを入れた。

二時間ほど遊ぶと、さすがに飽きたようでゲームを始めた。誕生日のプレゼントに買った最新式のゲームではなく、家から持ってきたゲームばかり使っている。

一日に三十分まで、という良多が決めたルールは守っていない。みどりは何度か注意したが、まったく聞き入れない。だが容認していた。琉晴がゲームに夢中になっている時間は、みどりは少しほっとすることができた。琉晴を持て余さずに済んだからだ。ゲームをしている間は、自分の頭の中に逃げ込めた。

編み物をしながら、みどりは虚ろな目で琉晴の方を見て、慶多を思っていた。

良多はその日も六時半に帰宅した。このところずっと帰宅が早い。結婚してから初めてのことだ。朝もゆっくり出かけている。何かあったのだろう、でもみどりは聞く気になれなかった。

夕食を食べている時も琉晴を〝通訳〟にして夫婦間の連絡を済ましているところがあった。だが琉晴はやはり機嫌が良くない。

食後、琉晴は良多とソファに並んで座ってテレビを見ていた。だが、しばらくすると思い出したように立ち上がりピアノの電源を入れた。

良多は琉晴の姿をじっと見つめている。

琉晴はピアノのボリュームを上げると、また肘と腕全体で乱暴に鍵盤を叩き始めた。

もちろん曲にはなっていない。

それでも良多はしばらく我慢していた。その顔はしかめられていたが。

良多にしても琉晴を叱ることに抵抗を感じていた。

「うるさいぞ、静かに弾きなさい」

ついに良多がたしなめた。

だが琉晴はまったくやめようとしない。

ピアノを荒く叩きつけ、騒音を響かせる。

「やめろって言ってるんだ！」

良多は大きな声を出した。初めて怒鳴ったのだ。

琉晴が振り返って良多を見た。その顔には特別な感情がないように見えた。

だが琉晴は顔をしかめて良多に向かって駆けだした。

そして、良多の脇を走り抜けて、トイレに逃げ込んだ。

聞き耳を立てたが、琉晴の泣き声は聞こえてこない。

良多は大きなため息をついて、ピアノに向かった。スイッチに手を伸ばして切ろうとしたが、その手を止めた。

良多は鍵盤に指を置いて小さく音を出した。〝チューリップ〟だった。


その日、お風呂上がりに、もやもやとしていたものがみどりの中で渦巻いていた。

リビングで琉晴は、前橋から持ってきた自動車のおもちゃで遊んでいた。モーターが入っていて、部屋の壁にぶつかると、どういう仕組みなのかさっぱりみどりには分からなかったが、グルリと回転して元に戻ってくるのだ。

それで遊ぶうちに琉晴は手荒くなっていった。車を放り投げるようにして壁にぶつけたりしている。

壁紙が破れたりすると困る、とみどりは止めようとしたが、気力が出ない。何も言わずにキッチンのカウンター越しに見ていた。

最後には琉晴は車を完全に壁に投げつけていた。

その時にみどりの中にある疑念が浮かんだのだ。

琉晴はわざとやっているのではないだろうか？　私たちが困るようなことを。雄大とゆかりの絵を描いて〝パパ　ママ〟と書いてわざわざみどりに見せたこと、歯磨き粉で鏡に絵を描いたことも、「なんで？」を連発して良多を困らせたことも、ピアノが壊れるような演奏をしたのも、そして大切なおもちゃが壊れるほど乱暴に扱うことも……。

それはなんのため？　私たちに嫌われるため？

慶多だったら、考えられないことだった。

だが琉晴は違うような気がした。彼は際立って〝大人〟だった。

おもちゃの車はついにカバーが外れて、スイッチを入れても動かなくなってしまったようだった。

「ああ、壊れた」

「直してもらおう」

琉晴はそう言って、書斎に〝逃げ込んでいる〟良多のところにおもちゃを持って行った。

やはり勘違いだろうか？　おもちゃを直してもらうことを口実にして、ピアノで叱られて、ぎくしゃくしている良多との関係を〝修理〟しようというのだろうか。

どちらにしても慶多にはなかったことだ。慶多は人の気持ちを察するのに敏感だった。まず叱られるまで我を張るということがなかった。たとえ叱られても泣くばかりで反抗的になるようなことは、ほとんどなかった。時に怒って大声を出したりすることもあったが、その後に、慶多はそっと手紙を差し出した。つたない文字で書いてある〝ままごめんなさい〟。そして覚えたばかりの星のマーク。

慶多に会いたい。

「これさ、もうダメだから、お母さんに新しいのを買ってもらいな」

書斎から良多の声が聞こえてきた。修理できなかったらしい。

「じゃ、また帰ったらパパに直してもらおう」

琉晴が楽しそうに言う声が聞こえる。

「琉晴、ちょっと待て」

良多の尖《とが》った声が聞こえる。

「もう向こうの家には帰らないんだ。琉晴はずっとここで暮らすんだ。おじさんが琉晴の本当のパパなんだ」

〝本当のパパ〟と良多が琉晴に告げたのは初めてのことだ。

琉晴は沈黙している。

「もう一回、貸してごらん」

カチャカチャとおもちゃを修理しようとする音がする。雄大に負けることが良多は悔しいのだ。

みどりの頭にある光景が蘇った。

あれはゆかりと二人で河原で遊ぶ子供たちを見ていた時だった。最後の家族でのレジャー。

あの時、慶多と琉晴は指切りをしていた。一体、何を約束していたのだろう、とずっと気になっていた。

もしかすると……。

だがみどりはその考えを笑って押しやった。七歳になったばかりの子供なのだ。そんなことを考えるわけがない。

お互いに親に嫌われるようなことをわざとやろうと、約束していたなんて……。

だがみどりはゆかりに電話で確認したくなった。慶多がいたずらをしたりしていないか。慶多が琉晴のようなことをしているとしたら……。

それは、計画したことなどではない。寂しくて哀しくて子供たちはもがき苦しんでいるのだ。それが反抗という形になって表面化している……。

どちらにしても辛いことだった。

大人でさえ、もがいている。

みどりは、もう、そのことは考えないことにした。辛くなるばかりだからだ。

良多は今日もソファに横になった。客用——と言っても使ったのは里子が一回だけだったが——の布団をリビングに敷いて寝れば良いのだが、それがどうも億劫だったし、みどりにその姿を見られるのも嫌だった。それにソファの寝心地も悪くはない。なにより癒やさなければならない疲れを感じるような仕事をしていなかった。

琉晴とみどりが寝室で就寝してから、しばらくテレビを眺めていたが、どれもつまらないものばかりで、良多は寝ることにした。

そこで寝ころぶと星空が見える。ちらほらと雲間から星が見えるばかりで、大したことはない。だが、このマンションに移ってから、一度でもこんなにゆっくりと夜空を眺めたことがあったろうか、と良多は大きくため息をついた。

翌朝、まだ薄暗いうちに良多は目を覚ました。時計を見ると五時だった。六時半に出かければいいのだから、無駄な早起きだったが、もう眠れそうにない。

上半身を起こすと、手がソファのクッションの間に入った。指先に何かが当たった。引き上げてみると、それはバラだった。バラの茎だ。

父の日に慶多が学校で作って贈ってくれた折り紙で作られたバラ。クッションを持ち上げてみたが花の部分がない。

もらったのははっきりと覚えている。バラは二輪あったはずだ。もう一つを慶多は雄大のために作ったのだ。ロボットを直してくれたお礼にあげる、と言った。

その一言で良多はそのバラに興味を失った。受け取ってから、どこに置いたのかも覚えていなかった。ソファの上にでも置いておいて、それがいつの間にか隙間に落ちたようだ。

だがなぜ花だけが見当たらないのだろう？　隙間に落ちたのなら、そこに一緒にあるはずだ。

ソファの上で転がっているうちにバラバラになって、どこかに花だけ落ちてしまったのかもしれない。

それをみどりが掃除機で吸ってしまったか、ゴミだと思って捨ててしまった……。

みどりはそんなことをするタイプではない。良多が捨てたつもりだった仕事のメモでも拾って捨てていいか、と確認するタイプだった。まして折り紙の花を捨てるわけがない。だとしたら、慶多が拾ったのだろうか？　茎を失って床に落ちている花を見たら、慶多はどんな気がしただろう？

慶多の哀しげな顔が浮かぶ。それを手にして良多を責めるような子ではなかった。ただ哀しげにその花を見て、黙っているだろう。

良多はもう一度、ソファを点検し始めた。家の隅々まで探した。

だが花は見つからなかった。

慶多は知っているのだろうか？　知っていたら、それは慶多にとって一生忘れ得ぬ翳《かげ》りとなるだろう、と思った。

11

宇都宮の技術研究所に初めての出社だった。車で通勤する方法を選んだ。会社からは新幹線通勤の費用も出ているが、車での通勤が長いので、電車で通う気になれなかった。高速道路の割引料金を利用すれば、ほぼ定期代でカバーできる。ガソリン代は自腹になるが、それは運転を楽しむための代償だ。

通勤時間は約二時間。これも電車とあまり変わらない。

左遷とはいえ待遇はほとんど変わらない。役職も同じだ。違っているのは誰も注目しない仕事と将来だった。これから先は役職も給与も上積みはないだろう。とはいえ家族三人が今の暮らしを維持していくのには充分な額ではある。

朝、出掛けにみどりには「宇都宮の技研に飛ばされた」とだけ伝えた。みどりは驚いたようだが、何も言わなかった。

良多が配属された屋上緑化のプロジェクトは五人のチームだ。良多は一応リーダーという地位に立つが、お飾りでしかない。部下たちは、もう何年も屋上緑化を研究している研究員たちだ。彼らの進捗状況を管理するぐらいしか仕事はない。

いずれ〝仕事〟を見つけるつもりだったが、今はただの邪魔者でしかない。

良多のデスクは広いオフィスの隅にぽつんとあった。部下の研究員たちは、ほとんどをラボで過ごすために、オフィスには顔を出さないようだ。良多の挨拶が済むと早々に彼らはラボに戻って行った。

オフィスに残っているのは、良多と同じく本社などから飛ばされてきた者が多かった。定年間近の社員が多い。何人か顔見知りがいたが、挨拶を交わす程度のことで、親しくしていたわけではない。

朝から堂々とデスクに新聞を広げて読んでいる社員がたくさんいることに良多は驚いた。

だがそれに憤《いきどお》るべき時はもう過ぎている。

その日は午後に来客がある予定だった。忙しい仕事の合間を縫って弁護士の鈴本が訪ねてくる。訴訟の結果の報告だった。書面だけ送付してもらって構わないし、会う必要があるのならこちらから事務所に出向く、と良多は告げたのだが、小山まで出かける用事があるついでだし、その日以外だとしばらく面会する時間がない、と言われて渋々訪問を受けたのだ。

左遷は誰の目にも明らかだろう。鈴本には見られたくなかったが、訪れられたら誤魔化せない。〝飛ばされた〟旨を鈴本に伝えた。

最初は冗談だと思ったようだった。良多が左遷されるなど考えもつかなかったからだ。宇都宮の件も新たなプロジェクトのために一時的な配置だと思っていたようだった。

そう思わせておいて良いような気もしたが、鈴本には隠さず話すことにしたのだ。鈴本は労使関係に強い弁護士を紹介する、と言い出した。

鈴本が本気で心配してくれているのが、良多にも分かった。紹介を丁重に断ると、宇都宮で待ち合わせの約束をして電話を切った。

広いオフィスの一角が会議室になっていた。全面がガラス張りだったが、良多がブラインドをすべて下ろした。外からの視線をさえぎるためではない。仕事をせずにぶらぶらしている人間を鈴本に見せたくなかったのだ。

鈴本はいつもより砕けた調子で良多たちの全面的な勝利を告げた。要求した金額の七割が認められたのだ。その金額では今、乗っている車の同型を新車で買うことはできない。もっとも斎木家ではあの軽ワゴンを新車で数台は買えるだろう。その金額がいくらだったとしても良多は失ったものを補てんできるとは思えなかった。

「なんだよ、せっかく勝利の報告に来たのに嬉しそうじゃないな」

会議室の大きな椅子に背をもたせかけて、鈴本は笑った。

「勝ってないよ。俺は勝ってない」

良多は椅子に座らずに立ったままだ。背中を丸めた様子が自信なげで老けて見える。背中にあった筋骨がいくらか奪われてしまったようだった。

「まあ、そうかもな。はっきりとした勝者なんていないもんですよ。訴訟ってやつは」

鈴本の言葉に良多は首を振った。

「そういうことじゃないんだよ、俺が言ってるのは」

鈴本は良多の内省的な物言いに驚いていた。かつて良多はこんな姿を誰の前でも見せたことがなかった。常に強気で否応なしに強硬で……。

「俺は、間違ったのかな」

良多はぼそりと言った。

「お前らしくないな」

鈴本はしげしげと良多の顔を見つめた。面白がっているようだった。

「でもさ、野々宮、なんだかお前のことを好きになりそうだよ」

鈴本がからかうが、まんざら冗談ばかりでもなさそうだった。

「バカ。お前に愛されたって嬉しくないよ」

からかわれた仕返しの軽口のつもりが、切実な口調になってしまった。

鈴本が真顔で良多を見た。

良多は苦笑して、手でその視線を払いのける。

「なんだ？　誰かに愛されたいのか？　ますますお前らしくないじゃないか？　どうした？」

鈴本もからかい半分だが心配している調子になった。

良多は苦笑してかぶりを振った。

「ああ、そうだ」

鈴本はスーツから封筒を取り出した。無地の白い封筒だった。

「忘れるところだったよ、これ」

封筒を鈴本がヒラヒラとさせて、机の上に置いた。

「なんだ？」

「あの看護師からだ。病院の慰謝料とは別に。まあ、誠意ってやつですかね。精一杯の」

宮崎という名だったと思い出した。家族と共に裁判所の廊下に消えて行った後ろ姿が記憶に残っているが、顔が思い出せない。あまりに衝撃的であったことで、逆に記憶から抜け落ちているようだった。

封筒を手にする。良多はその重みに何を感じれば良かったのだろう？　免罪符だろうか？　怒りのはずだった。彼女は自分の不幸を他人に与えることで、心の平穏を得ようとしたのだ。それは見事に成功した。我が家は崩壊し不幸になっている。

怒るべきだった。だが良多は何も感じることができなかった。

五時に技研を出て、家に帰り着くのは七時半になる。帰りは都内が混んでいるので、早朝ほどスムーズには動けない。

車を地下駐車場に停めてから、良多はしばらく動けなかった。ハンドルに頭を突っ伏して身動き一つしなかった。

やがて、良多は車から降りると、エントランスに向かって歩きだした。だがその足がぴたりと止まった。

良多は踵《きびす》を返すと、駐車場の車用の出入り口に向かって走り出した。

良多は駅前の立ち飲み屋にいた。最近流行りの洒落たカウンターバー風の店だった。他に二人、若い女性が並んでカクテルを飲んで、串揚げを食べている。

彼女たちから離れた場所で良多は、ウィスキーをあおった。ダブルの三杯目を頼んだところで面倒になってボトルをくれ、とバーテンに頼んだ。

「キープはできませんが」と若いバーテンが言った。

「残ったら持って帰るよ」

良多は笑って言った。

氷を満たしたグラスにウィスキーをなみなみと注ぐ。グイグイと飲み干した。

「オオー」などとバーテンと若い女たちが良多の飲みっぷりに感嘆の声をあげた。

良多はじろりとバーテンを睨んだ。

バーテンはおどけて頭を下げてみせた。

もう一杯。今度はゆっくりと飲む。少しずつ心の中のどこかが緩んでくるのを感じた。

それと同時に怒りが湧いてくる。微かに小さな怒りの炎が、アルコールを燃料に立ち上がる。

誠意だと？　あの封筒をみどりに渡したら、なんて言われると思う？　なんでこんなもの受け取ってきたの？　と詰問されるのがオチだ。その時はどうする？　みどりに「そんなこと今さら言われたって困る。だったら自分で言えばいいじゃないか」とでも言い返してやるか？　それとも「お前の言ったことは一生忘れない」とでも？　怒りがみどりに向きそうになって、宮崎という看護師に怒りの方向を修正する。この封筒を突き返そう。わずか五万円の誠意を。あまりにつましくて笑うこともできない金額をわざわざ弁護士を通じて届ける無神経。それが弁護士の経費に含まれるんだ。東京と宇都宮の往復で一万円だ。つまり誠意は四万円だ。

あの看護師に聞いてみたい。ここでこんなふうに酒を煽《あお》らなきゃならない金はどうするんだ？　慶多の入学金はどうするんだ？　俺の父親は今でもそのくらいの金があれば借金を取り返していた、と思っているんだ。慶多の制服と学校専用のランドセルとバッグはどうするんだ？　潤沢な学資を失った弱虫の慶多は田舎町でどうすればいいんだ？　琉晴を成華学院に転入させるための塾の費用と入学金をどうするんだ？みどりとの間にできた致命的に深くて広い溝はどうするんだ？　もう子供を産めない体のみどりをどうするんだ？　しつけが悪くて生意気なガキをどうするんだ……。

俺は酔っている。

しつけが悪い？　そうだ。しつけのせいであって俺の〝血〟のせいじゃない。悪いところはしつけのせい。良いところは〝血〟だ。良いところがあればだが、ハハハ。

良多は財布から一万円を抜いてカウンターに置いた。

釣りを受け取って表に出た。足元がふらついたりはしない。

封筒をスーツのポケットから取り出した。封筒の裏には住所と宮崎祥子という名があった。ここから電車で一時間はかかる。

タクシーなんか使えない。もう経費じゃ一円も落ちない安サラリーマンだからだ。一時間も電車に揺られたら酔いが醒めそうだ。いや大丈夫だ。そしたらまたその駅前で飲めばいいんだ。

東京の西の外れの街に看護師の家はあった。電車が混んでいて良多は具合が悪くなって、結局途中からタクシーに乗った。

午後八時半だから満員というほどではなかったが、電車通勤に慣れない良多には隣に立つ人とひじが触れ合うだけで大きなストレスだった。

タクシーに乗ったせいで少し酔いが醒めてしまったが、まだ確実に酔っている。まだ怒りの炎もちろちろとではあるが燃えている。

目的地の前で停まったタクシーから目的の家を見上げる。父親の良輔のアパートほどではないが古いマンションだった。築四十年は経っているだろう。五階建てでエレベーターはない。

看護師の部屋は二〇四号だった。

タクシーを降りて部屋に向かった。階段を上がって右に曲がるとその部屋はあった。

換気扇が回っていて中からシチューの匂いがする。なじみ深い匂いだった。

しばらく部屋の外で聞き耳を立てる。中から声変わりしたばかりの少年の声と、もう幼いとは言えない少女の声が聞こえる。どうやら食事を巡って小競り合いをしているらしい。それを母親らしき声が諫めている。やがて息子らしき声がふざけてみせて口喧嘩は笑い声に変わった。父親の声は聞こえない。

これが人を不幸に突き落とす理由になった〝親子関係〟なのか？　改善された、とは言っていた。だが、それは人を不幸に引きずり込んだことで得られた〝幸せ〟ではないのか？

良多は怒りを掻《か》き立てた。だが、どこかで醒めている。

良多はスチール製のドアを叩いた。拳でドンドンと叩いた。

「お帰り」

中から女の声がしてドアが開いた。

夫が帰宅したと思ったのだろう。笑顔でドアを開けた女の顔が良多の顔を見て凍りついた。

「あ……」

祥子は声にならない声をあげて、小さく身繕いをすると、サンダルを突っかけて外に出てきて、後ろ手でドアを閉めた。

深く頭を下げる。

「シチューですか。おいしそうですね」

ビーフではなくポークシチューは義母ののぶ子も良く作った。父親は酒のつまみにならないと怒ったが、シチューにすると大輔も良多も残さず食べるからだ。

祥子は返答に困って視線を泳がせたが、また深く腰を折って一礼した。

良多はスーツの内ポケットから金の入った封筒を取り出すと、差し出した。

「これはお返ししますよ、誠意」

良多は〝誠意〟をゆっくりと強調した。見事に嫌味ったらしかった。良多のわずかに感じていた怒りは、今や嗜虐《しぎゃく》的な屈折した快感に変わり始めていた。

「すみませんでした」

また祥子は頭を深く下げた。

「あんたのせいで、俺の家族はメチャクチャですよ」

祥子は頭を下げたままで、身体を震わせた。

「一つ聞きたかったんですけどね。あんた、自分の罪が時効になったのを知ってたから、あんなことできたんだよな？」

祥子が顔を上げて小さく小刻みに何度も首を振った。

「それは違います。知らなかったんです。本当に」

もし、それが演技だとしたら一流の女優並みの熱演だった。

だが良多は皮肉に笑った。もっといたぶってやりたかった。

「嘘だ！」

声が大きくなった。また酔いが回ってくるのを感じたが、もう止めようがなかった。

「あそこで告白しても、罪に問われないってのを知っててやったんだ。もう罪にも問われないし、良心の呵責《かしゃく》からも解放される。一石二鳥だよな。少なくとも俺ならそうするよ。そうだろ？」

祥子はただ首を振っている。口は酸欠の金魚のようにパクパクと開いたり閉じたりしているだけで、声は出ない。

もっと言ってやることがあったはずだった。あの飲み屋で考えたことが山ほどあった。すべてを吐き出して、この鬱屈を少しでも晴らしてやるのだ。

ドアがガチャリと音を立てて開いた。坊主頭が飛び出して来て、良多の前に立ちはだかった。とはいえ身長は一五〇センチに満たない。野球でもしているのだろうか、顔が真っ黒に日焼けして、目ばかりが目立つ。

その目が良多を睨みつけていた。両手を広げて、義理の母親を庇っているようだ。

なんという茶番劇。

「輝《てる》ちゃん」

祥子が小さな声で息子に呼びかけた。だが息子はひたと良多に目を据えたまま動こうとしない。

「いいの。私が悪いの」

祥子が息子に告げた。

だが息子は身じろぎ一つしない。

「お前は関係ないだろう」

良多はドスの利いた声を出した。自分でも顔が険しくなるのが分かった。

それでも息子は目を逸らさない。

「関係あるよ」

息子が口を開いた。声はかすれて震えている。怖いのだ。

「関係ねぇよ」

良多は手で押し退けようとした。

男の子は強く抵抗して、大きな声を出した。

「俺の母さんだ」

良多は胸を突かれた。

その動揺を見透かされないように、良多は表情を消した。

良多は手を上げた。

殴られると思ったのだろう、祥子が「ああ」と言って、息子を庇おうとした。

男の子は唇を引き結んでなおも良多を睨んでいる。身じろぎもしない。

良多は上げた手を少年の肩にドンと置いた。そしてポンポンと軽く叩いて、背中を向けると歩き去った。

祥子は良多が去り際に息子に微笑んだような気がした。〝やるじゃないか〟とでも言うように。

祥子はまた深く腰を折って、いつまでも良多の後ろ姿に黙礼をしていた。

良多は駅前と思われる方向に歩いていた。次第に人の数が増えて店舗が増えてくる。飲み屋に飛び込んで泥酔するまで酒を飲みたかった。だが足はまっすぐに駅に向かっていた。

良多は打ちのめされていた。責めることで解放感を得るつもりが、逆に圧倒されていた。

あの少年の一言は、四十二歳の良多を凌駕《りょうが》して笑いのめすものだった。

――あれは慶多が生まれて何日か経った日のことだ。

みどりは出血も治まり、日常生活に支障がないと判断された。だが退院手続きをする前に主治医に、カンファレンスルームに呼び出されたのだ。

そこでみどりは次の子を産むことができない、と宣告された。

まだ子供が生まれた喜びの余韻の中にいたので、その宣告に実感が湧かなかった。ただその可能性が閉ざされたのだ、と冷静に受け止めたと自分では思っていた。

だが部屋を出てから、次第に良多は切実に感じ始めた。これから先の人生でもう二度と子供を授かることがないのだ。決して早い結婚ではなかった。当時三十半ばを過ぎていた。だが四十までにもう一人か二人。できれば女の子を、と漫然と考えていた。

みどりは家族を築くためのパートナーとして最良の存在だと考えていたのだし……。

みどりはひどく傷ついていた。看護師が車椅子を用意したほどだ。

それを断って自力で歩いていたが、良多が支えなければ歩くこともままならなかった。

良多はみどりを責めたくなる気持ちを抑えた。

だが次第にその理不尽さに腹が立っていった。こんな田舎の医者に何が分かる、と思った。東京の母校の大学病院で優秀な医者を紹介してもらえば、違う見立てをしてくれるかもしれない……。

エレベーターホールで里子が慶多を抱いて待っているはずだった。廊下の角を曲がると声が聞こえてきた。聞き覚えのある声だった。忘れようがない。

薄暗い廊下の先で里子に向かって話しているのは父親の良輔だった。その横にはのぶ子の姿もある。

「〝生まれた〟って言ってきただけで、いっくら電話をしても出やしない。ようやく生まれた野々宮家の跡継ぎですからね、ほっとくわけにもいかなくて押しかけてきましたよ、ハハハ」

里子は恐縮して頭を下げた。

「ああ、それはどうも、ご連絡も差し上げませんで。みどりがちょっと産後に体調を崩して、アレだったもんで……」

「まあ、いいですよ。とにかく抱かしてください」

良輔は里子から慶多を抱き取った。ぎこちない抱き方だったが、しっかりと抱いてその顔を覗き込むと笑った。

「おーおー、これは綺麗な顔だちだ。美男子になるな」

その姿を足を止めて見ていた良多の、表情が険しくなっていく。父親の笑顔に腹が立った。家族をないがしろにして自分勝手に生きてきた男が、祖父面をして孫を抱いて笑っている姿に、むしょうに腹立たしかった。

「まだ首が座ってないんだ。勝手に抱かないでくれ」

良多は不機嫌に良輔に言って、慶多を奪い返すと、里子に渡した。

「なんだ？　機嫌良く抱かれてたじゃないか」

良輔が不満げな声を出す。

「誰も来てくれなんて言ってないよ」

父親には子供が誕生したことは伝えていた。兄の大輔に報告すると父親にも連絡しておくように、と釘を刺されたのだ。そうでなかったら良多は報告もしなかったかもしれない。

「生まれた」と、電話で会社から報告したのだ。激しく忙しいこともあってそれだけ告げて切ってしまった。何度か自宅にのぶ子から留守番電話があったのを知ったのは、後のことだ。みどりが入院してることもあって良多は会社に泊り込んでコンペの資料の仕上げに追われていた。

「孫が生まれたんだ。祝いに来て、何が悪い」

良輔が声を荒らげる。

「今さら、そんなこと言うな。あんたは……」

良多がこれまでの憤懣をぶつけようとした時、後ろに控えていたのぶ子が声をかけた。たしなめる口調だった。

「良ちゃん」

良多は口を閉じた。だが、恐ろしく冷たい目でのぶ子を見ると、告げた。

「のぶ子さんには関係ないですから」

良多の言葉にのぶ子の目が驚きのために見開かれる。さらにゆっくりと口を開けたが、ついにその口から言葉が発せられることはなかった。

良多はのぶ子から視線を逸らした。そして良輔とのぶ子を置き去りにしたまま、立ち去ったのだった。里子とみどりは、帰りの車の中でも良輔たちのことをしきりに気にしていた。だが、良多は「あいつらには関係ないことだ」と一蹴した。

良多はガラガラに空いた地下鉄を乗り継いで、自宅のある駅にたどり着いた。ウィスキーの酔いは醒めつつある。日焼けした少年のまっすぐな目が忘れられない。そこにはなんの虚栄もポーズもなかった。ただ〝継母〟を本気で守ろうとしていただけだ。良多は自宅のマンション前まで、そのことばかり考えて歩いてきた。部屋にこのままの気持ちを抱えて帰りたくなかった。

良多は地下の駐車場に向かった。車の運転席に座ってエンジンをかけてエアコンをつけた。だが和やかな気分になれるわけではない。

良多の価値観からしてみれば、それは恥ずべきことだった。女々しいと思った。だが、そうせずにはいられなかった。

良多はスマートフォンを取り出すと電話をかけた。

「〝はい〟」

女性の声が答えた。男性の声なら即座に切ろうと思っていたのだ。

「良多です」

「〝あら、良ちゃん、この間はありがとね〟」

電話の相手はのぶ子だった。

「うん、あのさ……」

良多は言いづらそうに口ごもった。するとのぶ子はすぐに察したようで言った。

「〝あっ、お父さんでしょ？〟」

「違うんだ。謝ろうと思って」

「〝なによ？　やあよ、深刻な話は〟」

良多の口調がいつになくシリアスなのでのぶ子は牽制したようだ。近くに父がいるのかもしれない、と良多は思った。

「昔さ……」

するると電話から、びっくりするような明るい声が返ってきた。

「〝いいわよ！　もう昔の話はみ〜んな忘れちゃったぁ〜。あなたとはもっとくだらない話がしたいなあ。ほら、誰がカツラだとか、整形だとか〟」

〝昔〟と言っただけで、いや、〝謝ろうと思って〟と言い出した時点で、のぶ子は気付いていたようだった。あの七年前の前橋中央総合病院での件だ、と。つまりそれだけのぶ子は傷ついていたのだ。触れられたくないほどに。

「そうだね」

良多は自分の声がいつにないほどに、しょぼくれているのを感じた。こんな声を出さないように生きてきたのに……。

「〝あら、お父さんが呼んでる〟」

電話の向こうで「酒がない」と言っている声が聞こえた。

「うん、分かった。分かったよ」

良多は自分の声が子供のようになっていることに気付いていなかった。甘えるような声だった。

「〝じゃあね〟」

のぶ子は、そう言って電話を切った。

かつて一度でも自分は継母に甘えたことがあったろうか？　家政婦だと割り切って

しまってから、必要なこと以外はまったく口を利かなかった。頑固だった。それを高校を卒業するまで貫き通したのだ。そのことをのぶ子は一度たりとも責めたり叱ったりしたことはない。

あの看護師のように人の幸せを壊したい、と思うほどに〝子供が懐かない〟ということは苦痛なのだ。

父親が飲んで暴れてのぶ子を殴った時、一度でも止めたことがあったか？　いや、一度もない。それを目の前で見ながら「関係ない」と家を逃げ出しただけだ。

昔だけじゃない。四十になろうという男が〝あんたに関係ない〟と言い捨てた。

祥子の家の前で〝お前には関係ないだろう〟と告げた時、あの少年は「関係ある」と言った。「俺の母さんだ」と。

自分はいがくり頭の中学生にも劣るのだ。

良多はこれまで自分を支えてきたものが音を立てて崩れ去っていくような気がしていた。いや、なにもかもが自分の周りから逃げ出して行ってしまう……。

ピンセットを使って植物の種子を等間隔にゼラチンに埋め込んでいく。三嵜建設の技術研究所のラボで、肩書においては良多の部下となる研究員の手元を良多は見つめていた。だがその目に興味の光はない。

「年間水道使用量は、雨水利用によってかなり少なくなっています。植物への灌水《かんすい》と水辺域への補給水を合わせても四二・六立方メートルで……」

研究員の橘《たちばな》という三十半ばの男は手際よく種子を並べながら、なんの資料も見ずに正確な数字をすらすらと口にする。根っからの技術屋なのだろう。

日に何回かはこうやってラボを訪れて、彼らと屋上緑化の話をするようにしているが、退屈だった。興味が持てない、ということもあるが、それがダイナミックな仕事に通じないという退屈でもある。良多はただ彼らの研究の結果を聞くだけなのだ。

だがオフィスにいるのも気づまりだった。午前中いっぱいかけて新聞を読み込んだ〝管理職〟の人々は三々五々集まって昼食の相談を始める。近くにある現場の人間を呼び出して〝接待〟するのだ。たっぷり二時間もかけての昼食の代金は、経費として落とされる。

本流から外された彼らのささやかな会社への復讐なのだろう。

良多はため息をついた。

どうしたらいいのだろう？

その時、窓の外に動くものがあった。

そこはビオトープと呼ばれる人工林だった。人工林とはいえ手入れがされているわけではない。自然のままの雑木林だ。宇都宮の駅前のビルが建ち並ぶ一角にこの雑木林があるのは不思議な光景だが、自然に学ぶ、というトレンドから生まれた研究で、良多が関わっている屋上緑化もビオトープの一環だ。

雑木林の中で動いているのは捕虫網だった。網を持つ人物に驚いた。麦わら帽子を被ってカーキ色の上下の作業着を着て双眼鏡を首からぶら下げて長靴を履いている。その姿は一枚の写真を思い出させた。パスポートにはさまれた麦わら帽子に捕虫網を持った少年時代の良多の写真だ。

良多は興味を引かれて雑木林へ降りていった。


その男は良多の姿を見とめると丁寧に一礼した。良多のことを知っているようだった。男の名前は山辺《やまべ》といった。良多よりも年上に見えたが、三十八歳だった。やけに落ち着いていて老人のようにも見えるが、端整な顔だちは、哲学者のように理知的だ。建設会社ではあまり見かけないタイプだ。

「僕も、元々あなたと同じ建築屋ですよ」

雑木林の中を歩きながら、山辺は良多に語りかけた。やはり山辺は良多を知っていた。だが良多には山辺の顔にまったく覚えがなかった。少し前なら脱落者と決めつけて一顧だにしなかっただろう。だが今は彼の後について林の中を歩いている。

「この林は研究のために人工的に作ったんですよ」

それは知っていたが、なんの研究をしているのか良多は知らなかった。これまで知りたいとも思わなかった。

「あ、ルリタテハだ。今年も来ましたね、ルリタテハ」

山辺のはしゃいだ声に良多はその視線の先を追った。一見地味な茶色の蝶だったが、羽の表は紺色の鮮やかなルリ色の帯模様があって美しい。

林はまさに雑木林で様々な木や草が夏の盛りに生い茂っていて、青い草いきれの匂いが満ちている。生えている木はクヌギが多いようだ。建築資材には向かない木だ。だがカブト虫やクワガタはこの木の樹液を好む。昆虫好きだった良多はクヌギに触れる。するとそこにセミの脱け殻があった。

思わず手に取っていた。慶多が季節外れのセミの脱け殻を自慢げに見せたのを思い出した。虫嫌いの慶多はこの夏をあの田舎でどうやって過ごしているのだろう。

「そのセミはここで生まれ育ったんですよ。よそから飛んでくるのはそんなに難しいことじゃないんです。ある程度、木を植えれば集まってきます」

良多は淡々と説明する山辺の横顔を見ながら、こいつは、いつからここにいるんだろう、と思った。すると良多の心を読んだかのように山辺は笑った。

「セミがここで卵を産んで、幼虫が育って土から出て羽化して、その脱け殻を残すようになるまで十五年かかりましたよ」

「そんなに……」

良多は思わず口にしていた。十五年の間に良多は数々のプロジェクトに参加して巨大な建造物をいくつも手がけてきた。その間にこいつはここで林を作ってセミを羽化させていたわけだ。

苦笑しかけて、ふと我が身を振り返った。だがその結果、良多の手に何が残ったのだろう？　畑違いの技研に飛ばされ、隠居のような生活を強いられている。家族は崩壊寸前だ。苦笑することもできなかった。

また山辺は穏やかに笑った。心の中を読まれているような気がしてならない。

「長いですか？　十五年」

山辺の質問が心に響いた。それは慶多と暮らした時間、そして琉晴と離れていた時間を否応なく思い出させた。

長いのだろうか？　慶多を育ててきた六年。琉晴と離れていた六年。そのどちらを選ぶべきだったのだろうか？　そもそもそれを親が選ぶべきだったのか？

だが間違いなく慶多も琉晴も人工林のセミだった。人の手でその人生は大きく動かされた。

セミの幼虫は、どこからどこへ羽ばたいていくべきなのだろう。

良多は答えを求めて林の上に目をやった。

梢の間から宇都宮の真っ青な空が小さく見えた。

気温が三十六度を超えていた。しきりにテレビが猛暑だ、と騒いでいた。

みどりは琉晴を連れて、電車で三十分ほどの特設会場で行われていた恐竜展を見に行った。みどりには何が面白いのかさっぱり分からなかった。だが琉晴はひどく興奮してステゴザウルスの卵の化石というものに夢中だった。

朝から出かけてたっぷり六時間もその会場にいたことになる。その間にも琉晴は同好の士——恐竜好きの同年代と思われる男の子だ——を見つけてみどりをそっちのけで勝手に会場の中を走り回っていた。その男の子の母親としばらく話していたのだが、「男の子って粗雑で困るわね」という類の話が多く、その度にそうだろうか、と思って苛立ちを感じた。だがすぐに癇に障る原因が分かった。みどりは自分でも無意識のうちに琉晴のことではなく慶多のことを考えていたのだ。慶多は粗雑ではなかった。

その男の子と母親と四人で昼食を食べたのだが、その席ではその母親の言うことがよく分かった。その男の子と琉晴は落ち着きがないし、乱暴だし、人の話を聞いていない。

昼食を終えても琉晴はその子と遊び続けた。みどりは次第に気づまりになっていった。男の子の母親に〝取り違え〟のことを知られてしまうのが怖かった。

もし知れたらどんな反応をするのだろう？　交換なんて信じられない。よくそんなことできたねぇ、などと言われそうだった。

みどりは近隣の友達の母親にも、琉晴を紹介していなかった。もちろん慶多がいなくなったことも言っていない。言えなかった。相談もできなかった。誰もが切実に感じてくれるだろう。だがこの問題を解決する当事者にはなり得ない。そしてみどりにとっていまだに解決などしていなかった。

みどりは疲れ切っていた。早く帰りたい、と思った。

家に帰り着いたのは三時だった。

少しお昼寝をしないか、と琉晴を誘ったが、琉晴はゲームをすると言った。

みどりはベッドに倒れ込むと吸い込まれるようにして寝入ってしまった。

寝室のドアは開け放っていた。寝入りながら、もうすっかり聞き慣れた琉晴のゲームの音を聞いていたのは、覚えている。だが目を開けるともう部屋が薄暗かった。

時計を見ると六時を回っていた。三時間以上も寝込んでしまったのだ。

慌てて飛び起きるとリビングを覗いた。しんと静まり返っている。

琉晴の姿がなかった。いつもソファに置きっぱなしにしているゲームがない。

ダイニングチェアの背にかけてある琉晴のデイパックもない。

玄関に走る。靴がなかった。

顔から血の気が引いていくのが分かった。気を失ってしまいそうだ。

「琉晴くん！」

普段出したことのないような大声で呼ばわりながら、各部屋を念入りに調べていく。

どこかに隠れているのかもしれない。

お風呂だ、と気付いてまた全身の血が引いていく。バスタブには昨夜に入った風呂水がそのまま張ってある。いつもは朝の洗濯が終わると抜くのだが、その日は朝早く出かけたから……。

琉晴が水遊びをしたのかもしれない。その時、足を滑らせて……。

琉晴がバスタブの中にぷかりと浮かんでいる姿が脳裏に浮かんで悲鳴を上げそうになる。

風呂のドアを開けた。だが誰もいない。バスタブのフタを開けてみる。やはりいない。

あとは納戸だけだ。開けてみたが、いるわけがない。物が積み上げられていて、琉晴の小さな身体でも入り込むことなどできない。

「琉晴！」

返事はないし、物音もしない。七歳になったばかりの男の子がここまで完璧に隠れていられるわけがない。

みどりは玄関で靴を履くと、外に飛び出した。児童館はもう閉まっている。行くとしたら公園だ。

サンダルを履いてきてしまったことを後悔していた。何度も転びそうになってしまう。だが気が急いて走っていた。

公園のそばまで来て、みどりは絶望していた。公園から子供の声は聞こえない。もうすっかり日が落ちて、公園の照明が点灯している。

公園には人の影もなかった。

警察に電話だ。もうそれしかない。大事になってしまうが、今はそれしかない。

ポケットに入れてきたはずだが、と思った瞬間にスマートフォンがポケットの中で振動して鳴り出した。

慌てて取り出して耳に当てる。

「ああ……」

みどりは吐息を漏らして、全身が弛緩していく。公園の真ん中に座り込んでしまった。

良多が、みどりから電話を受けたのは車の中だった。宇都宮を出て、間もなく首都高速に入るところだった。みどりから話を聞いてそのまま首都高速に入り、関越自動車道に抜けて、前橋を目指した。

かなり飛ばしたが、斎木家に良多が到着したのは八時を回っていた。電器店の店先に車を停めると、店の出入り口を開けた。

「すみません！　野々宮です」

その声を聞いて、居間で琉晴と遊んでいた慶多は顔を輝かして立ち上がった。

斎木家での夕食が終わる頃に琉晴は突然に帰って来たのだ。雄大とゆかりは驚いたが、琉晴を仏間に連れて行くと仏壇に向かって何か話していた。やがて琉晴は一人で少し遅れた夕食を食べて、ご機嫌で大はしゃぎをして雄大たちを笑わせた。大和と美結も大喜びで琉晴のそばから離れなかった。

雄大もゆかりも慶多には何も説明しなかった。

しかし、慶多は理解した。〝ミッション〟は終わったのだ、と。琉晴は帰って来たのだし、良多が迎えに来たのだ。ここのところ夜は泣いていないし、大和と美結とも喧嘩しても負けることはほとんどなくなった。買ってもらった夏休みのドリルも雄大が「やめとけ」と言うほど、毎日たくさんやって、四十日分のドリルを国語と算数両方とも一週間で終えてしまったのだ。

もう強くなったし、優秀にもなったのだ。

だから〝ミッション〟は終わり。だからパパは迎えに来た。多分ママは車で待ってる……。

「琉晴！」

良多の声が呼んだ。

その声に慶多はその場にしゃがみ込んでしまった。そして、すぐに慶多は部屋の奥にある押し入れにもぐり込むと身を隠した。

パパが迎えに来たのは僕じゃなかった。パパの顔を見たくないし、見られたくない。

「いやあ、どうもどうも」

雄大が良多を迎えて事情を説明した。

「マンションのそばに公園があるんだって？　そこがベランダから見えて、凧あげしている親子が見えて……。そしたら凧あげしたくなっちゃったんだってさ」

「凧あげ？」

良多が険しい顔になる。雄大は子供の言い訳をそのまま鵜呑《うの》みにしているのだ。

「どうやってここまで来たんですか？」

良多の質問にキッチンから出てきたゆかりが答える。

「聞いたらね。改札を通る大人の後にくっついて通ったらしい」

「でも、ここまで……」

琉晴は確かに道を良く覚えている。だが東京からここまで来るには少なくとも二回の乗り換えが必要で、しかも新幹線に乗らなければならない。新幹線の改札はどうやって通ったのだろう？　そもそも、そのルートは……。みどりと一度、電車で来たことがあった。その時のルートを覚えていたのだろうか……。

「そういうところだけは、本当にこいつは妙に賢くて……」

雄大がちょっと誇らしげに琉晴を褒めるのが、良多は腹立たしかった。

「褒めてどうするんです。叱ってやってくださいよ。そうしないと何度でも、またこういうことを起こすじゃないですか」

するとゆかりがキッチンから出てきて、声を荒らげた。

「ちょっと待って。じゃあ、お腹空いたっていう子を叱って追い出せって言うの？　そんなことできるわけないでしょ！」

「それはそうですけど……」

不満そうではあったが、良多の言葉は歯切れが悪かった。

雄大が仲裁するように良多に語りかけた。

「まあ、あんまりうまくいかへんようだったら、いったん、こっちに戻してもらっても……」

良多は言葉に窮した。反論の余地はない。

ゆかりが畳みかける。

「ええ、そうよ。うちは琉晴と慶多を両方引き取ったって全然構わないんですからね」

これには良多は完全にやり込められた。立場が逆転してしまっている。

良多の顔が歪む。

「大丈夫ですよ。僕がなんとかしますんで」

辛うじてそう言ったが、暗にみどりに責任を押しつけるような物言いになった。

「琉晴！　帰るぞ、琉晴！」

良多は部屋の奥に隠れている琉晴に呼びかけた。もちろん慶多の顔を見ようとは思わなかったし、声もかけなかった。里心をつけてはいけない。ここは厳しくしなくては自分の〝選択〟が根底から崩れる。

琉晴は帰るのを嫌がった。ほとんど泣きじゃくって手に負えなかったのを、雄大とゆかりがなんとか説得して車に乗せてくれたのだ。

良多は斎木家に上がることはなかったが、慶多の姿はどこにも見えなかった。

慶多なりに〝ミッション〟を遂行しようとしているのだ、と良多は思った。それはしっかり〝しつけ〟た、のだから。

「琉晴」

運転しながら、良多は後部席の琉晴に呼びかけたが、返事はない。

バックミラーで見ると、黙って窓の外の景色を見ている。もう泣いてはいない。

「おじさんたちのこと、お父さん、お母さんってすぐには呼ばなくていいからね」

良多はそう言った。いつにない優しい声だ。琉晴はやはり何も答えない。

良多はもうそれ以上は何も言わなかった。かけるべき言葉が見つからなかったのだ。


斎木家ではちょっとした騒動があった。慶多が行方不明だと雄大が騒いだのだ。だがすぐに美結が押し入れの中で寝込んでしまっていた慶多を見つけ出した。

押し入れの中で汗をびっしょりとかいていたために、すぐに風呂を沸かして、雄大が子供たちを風呂に入れた。

慶多は風呂の中でも元気がなかった。電池の切れたロボットのように表情を失って背中を丸めている。

「慶多？」

雄大が大和と美結と一緒に風呂につかりながら、立ち尽くしている慶多に呼びかけた。慶多は返事をしない。

雄大は風呂の湯をそっと口に含んで、慶多に自分の胸を押してみろ、とジェスチャーで指示した。

慶多は浮かない顔だったが、言われた通りに雄大の胸を押した。

すると雄大は口に含んでいた湯を慶多の顔に吹きかけた。

「ハハハハ」

雄大が笑った。美結と大和も笑って「わたしもやって！」「ぼくも！」とせがむ。

雄大は笑いながら慶多を見た。慶多はほんの少しだけ笑った。


マンションに帰り着いた時には琉晴は後部席ですっかり寝込んでいた。時間は十一時に近い。

良多が抱いて部屋まで運んでベッドに寝かせた。

泣きながら出迎えたみどりはしきりに良多に謝った。

その姿を見ながら、良多は斎木夫婦に告げた自分の言葉が恥ずかしくなっていた。

〝僕がなんとかしますんで〟だと？　仕事などまったくないのに、土日にも書斎にこもって仕事をするふりをしたことがあったはずだ。それは琉晴が〝荒れた〟時だ。手に負えなくなるとみどりに押しつけたのだ。そして心の中で斎木家を罵った。なんてしつけをしてるんだ、と。都合の良いことは〝血〟。気に食わないことはしつけのせい。その姿は父親の良輔に酷似していた。自分に都合の悪いことをすべて人に押しつける。嫌悪していた父親とそっくりだった。

そして、謝りながら泣くみどりは、のぶ子にそっくりだった。そして、あの薄暗いマンションの前で何度も何度も謝る看護師の祥子を思い出した。

「もういいんだ。お前のせいじゃない」

良多はみどりに告げた。その声はほとんど懺悔《ざんげ》をする人のように神妙だった。

「俺のせいだ」

良多の言葉にみどりは夫の顔を見返した。

良多はみどりと視線を合わせずに琉晴の寝顔を見つめていた。

みどりは琉晴の頭に手を伸ばした。頭を優しく撫でながら、目を閉じた。

「こうやって、触ると同じなの。あなたと」

これまで良多には言わなかったことだ。

良多はみどりの手を見つめていたが、やがてかすれる声で告げた。

「俺も家出したんだ。母親に会いたくて……」

みどりは息を飲んだ。これまで一度も聞かされたことがなかった。そもそも良多は義母のことも父親のことも、決して自分からは話さなかった。のぶ子が継母であることを知ったのも結婚してからだった。実母のことは一度もその人柄でさえ聞かされたことがない。

「その時、父親に連れ戻された」

良多の顔が歪んだ。泣きだすのか、とみどりは思った。みどりは良多が泣く姿を見たことがなかった。

良多は泣かなかった。

ただ思い出していた。連れ戻された幼い良多は、のぶ子の前に正座させられて「母さんと呼べ」と父親に何度も頬を叩かれた。

のぶ子は泣きながら父親を止めた。だが父親はのぶ子を突き飛ばして良多を狂ったように叩き続けた。

だが決して泣かなかったし、心の中で誓っていた。父親の言いなりに絶対にならない、と。そして、それを貫き通したのだ。

だがそれが揺らぎ始めていた。三十年の時を経て、良多を突き動かしている。良多がまったく想像だにしなかった形で。

12

宇都宮の技研では、お盆休みを各自で設定して取ることができる、というのを良多が知ったのは琉晴の家出騒ぎがあった翌週のことだった。良多はお盆休み自体を忘れていた。もう何年もお盆の予定など立てたこともない。だがこれからは休み放題だ。溜まりに溜まった有給とリフレッシュ休暇を合わせれば二、三ヶ月海外にバカンスに出かけられるだろう。

それでも他の部署との兼ね合いがあって申請の遅れた良多は半ば強制的に総務部に盆休みを決められてしまった。

八月の二十三日から土日を挟んで二十七日までだった。

みどりに連絡すると特に行きたいところはない、と言った。だが琉晴はキャンプに行きたいと言っているという。しかもテントを張って、寝袋で寝たいのだ、と。

良多は暇にあかせて、職場のパソコンでキャンプ場を検索した。だが近隣にある設備の整ったキャンプ場はほとんどが埋まっている。人気なのだ。少し遠出すれば空きもあったが、そもそも良多の車では本格的なキャンプの設備を積み込むことができなかった。手ぶらで出かけてキャンプ用品一式をすべて現地でレンタルできる施設もあったが、良多はやはりお手軽なものは嫌いだった。

それからしばらくキャンプに関するサイトを閲覧していたが、今回は見送ることにした。やはり本格的に装備を揃えることにした。それは実に楽しそうだった。病院からの慰謝料の使い道としては悪くない。

結局その日、良多は勢い余って五人用のテントと折り畳み椅子と釣り竿《ざお》と寝袋をネットで注文してしまった。

盆休みは結局、どこかに出かけることはなかった。ただ初日は琉晴が怪物を主人公にした外国製のアニメーションの続編を見たがったので、それを三人で揃って見に行った。良多は最後に映画館で映画を見たのが、いつなのか思い出せなかった。学生時代までさかのぼってしまいそうだった。子供向けの映画だと思っていたのだが、良多は声を立てて笑ったばかりか、ドラマに入り込んで主人公の小さな緑の怪物に感情移入してしまっていた。

良多はあまりにもその作品が気に入ったので、その帰り道にそのアニメーションのシリーズのＤＶＤを片っ端から買ってしまった。これには琉晴は狂喜した。その日は興奮状態で家族三人でアニメーション漬けだった。

それは恐らく琉晴が家にやってきてから初めて楽しく過ごした時間だった。


盆休みの二日目は天気が良くなったので、朝から洗濯と掃除で大忙しだった。そこに届け物があった。宅配便の業者が運び込んできた大きな荷物は良多がネットで注文したテントや椅子だった。琉晴はまたも大喜びした。だがその辺りでテントを張って野宿するわけにもいかない。

するとみどりが「今日は家でキャンプをしよう」と言い出した。家の中で大声を出して遊んで、ベランダから釣りをして、家の中にテントを張ってその中で三人で揃って寝る。

その前に洗濯物を干して、掃除をしてしまおう、とみどりが張り切った。「手伝ってくれるかな?」とみどりがおどけると、琉晴は「はい」と大きな声で返事をした。

もちろん琉晴は洗濯も掃除も手伝わなかった。お気に入りのおもちゃの銃を手に、寝室に掃除機をかけているみどりを背後から狙い撃ちしようと忍び寄ってきた。その姿は寝室のクローゼットの鏡に映り込んでいて、みどりからは丸見えだった。

みどりは掃除機のノズルをそっと持ち上げた。

返り討ちにしてくれる、とつぶやいて、みどりは急に振り向くと琉晴を撃った。

「ババババ！」

琉晴は驚いたものの、すぐに反撃した。

「バン！　バン！」

みどりは琉晴と撃ち合いをしながら感じていた。琉晴がわざと嫌われるように悪さをしていたなどと思った自分が恥ずかしかった。琉晴はまだ幼い。慶多と同じ子供なのだ。ただちょっと慶多より強いだけだ。


良多は書斎にいた。また逃げ出したわけではない。添付されている説明書だけではテントの張り方がよく分からなくて、ネットで動画を見ているのだった。

外からみどりと琉晴の声が聞こえてくる。どうやら拳銃ゴッコのようだ。

「やられた！」

どたりとみどりが倒れる音がした。大熱演だな、と良多は苦笑した。

「次、お父さんね」

琉晴の声だった。琉晴が初めて良多を〝お父さん〟と呼んだ。

良多には感傷に浸っている時間はなかった。書斎のドアノブがゆっくりと回っているのだ。

良多は銃になりそうなものを探して部屋を見渡した。定規、ステレオのリモコン……。

すぐに良多は動いた。

ギターを架台から取ると、片膝をついてドアに向かって狙いをつけた。

ドアがゆっくりと開いて琉晴の姿が見えた。

「バン！」

良多がギターの銃で琉晴を撃ち抜いた。

「オ～マイガット！」

琉晴はきりきり舞いしながら床に倒れた。

「琉ちゃん、琉ちゃん、大丈夫？　しっかりしなさい！」

みどりが必死で琉晴を抱き起こそうとする。みどりは初めて〝琉ちゃん〟と呼んだ。

琉晴は「なんで？」とは言わなかった。

琉晴は起き上がるとすぐに良多に向けて銃を撃った。

「バン！」

「ウウッ！」

良多はどたりと大きな音を立てて、床に倒れた。空になった椅子がくるくると回っている。西部劇のワンシーンのようだ。良多も熱演だ。

「お父さん、しっかり！」

今度はみどりが良多を助けようとする。節操のないガンマンだった。

だがそれは罠《わな》だった。みどりは琉晴と共に良多に近づくと馬乗りになってくすぐり出したのだ。

「ウワー、やめてくれ！」

良多は大声を出しながら暴れて抵抗したが、みどりと琉晴のコンビは容赦しなかった。


ベランダでの釣りは折り畳み椅子を三脚並べて楽しむはずだった。だが琉晴はその竿で良多に切りつけた。そこからはチャンバラが始まってしまった。

みどりも加わって、またも最後は良多がみどりと琉晴にくすぐられる羽目になった。

テントは実際に広げてやってみるとそれほど複雑ではなかった。だが一人で風のある屋外で張っていたら、かなりの時間がかかったかもしれない。

家族三人で二十分ほどでテントは張り終えた。ネットの謳い文句は〝十分で設営OK〟というものだったから、倍の時間がかかった計算になる。

寝袋はまだ注文していなかったから、客用の布団をテントの中に敷いた。

三人でテントの中で寝ころがる。五人用だから広々としている。

テントの中で寝ころぶと不思議と一体感があった。

窓から見える空を見ながら、夕焼けが次第に夜になっていくのを見ていた。琉晴は珍しくよくしゃべっていた。前橋まで電車で行った話をしてくれた。それはさながら大冒険だった。新幹線の改札をほとんど匍匐前進《ほふくぜんしん》のようにして抜ける時のスリル。車内で車掌に見つからないように、トイレからトイレへと逃げ回ったこと。

だが決して雄大とゆかりの話はしなかった。


その夜は東京の夏の空には珍しく、綺麗に星が出ていた。三人はテントに寝ころんだまま星空を眺めていた。

「星座って知ってる？　蠍《さそり》座、水瓶座……」

みどりが星座の名前をあげるが、どこにどんな星があるのかは分からない。

「ギョーザはある？」

琉晴が言って良多とみどりを大笑いさせた。

「あ！」

みどりが突然、大きな声を出した。

「流れ星。願い事して」

三人は目をつぶって願い事をした。琉晴はやけに念入りに手を合わせて擦り合わせて願っている。

「琉ちゃん、何をお願いしたの？」

琉晴は気まずそうな顔をした。

「教えてくれよ」

良多が笑いながら言う。

すると小さい声で言った。

「パパとママのところに帰りたい……」

良多とみどりは、琉晴の顔を覗き込んだ。

琉晴は腕で顔を隠してしまった。

「ごめんなさい」

琉晴の声は震えていた。泣いているのだ。それを見られまいと腕で顔を隠している。ぎりぎりまで我慢をしていたのだろう。涙を見せないように。

良多は琉晴の頭を撫でた。

「いいんだ。もういいんだよ」

琉晴は静かにしゃくりあげていた。

琉晴は泣きながら、テントの中で眠ってしまった。眠るまで良多とみどりがその身体と頭を撫でてやっていた。

琉晴が眠ってしまうと、みどりがテントから抜け出してベランダに出た。

良多もその後を追った。

「どうした？」

良多が声をかける。

みどりは泣いていた。

「琉晴がかわいくなってきた」

同感だった。

「そうか……じゃ、泣かないでくれ……」

良多が言いかけるとみどりが首を振った。

「だって、慶多に申し訳なくて、あの子を裏切ってるみたいで、慶多も今頃、あっちで……」

みどりは嗚咽でしゃべれなくなってしまった。だがもうその先は言わなくても分かった。

良多はみどりの背に手を当てると優しく撫でた。

〝もういいんだ〟と心の中で琉晴にかけたのと同じ言葉を繰り返しつぶやいていた。

だが、どうすればいいんだ？　何が〝もういい〟のだろうか？　何を終わらせるんだろう？

良多は自問自答しながら泣く妻の背中をさすり続けた。

翌朝、一人早く目覚めた良多は部屋からカメラを持ち出してきた。

テントの中で頭を寄せ合って眠っているみどりと琉晴を写真に収めたのだ。

朝日が射し込んでいたので、逆光を心配してソファに座ると写真をモニターでチェックした。

こうやって比べてみると、琉晴はどこかがみどりにも似ている。それは当然なのだ。二人の遺伝子がミックスされているのだから。

良多はテントの中でほとんど眠ることができなかった。どうすべきかを考えていたのだが、答えは出なかった。

カメラのモニターで昔の写真を見ていた。そろそろパソコンに移した方がいい。

良多の手が止まった。あの最後の日に河原で斎木家と野々宮家で撮った写真があった。みどりの前に立っている慶多。いつも似ていないと思っていた慶多が自分に似て見えた。だがそれは良多と慶多が同じ角度で頭を少し傾かせているからだった。

それは……。

きっと六年間過ごす間に慶多が良多に似てしまったものなのだ。何かを教えた覚えもない。だがいつの間にか、首を少し傾けるクセがうつってしまったのだ。

もう一つ前の写真を見る。

それは回転ジャングルで慶多が撮った良多の写真だった。少しブレている。あの小さな手でシャッターを切ったのだ。それだけでも胸がつまる。

もう一枚。そこには回転ジャングルでピースサインをしている慶多がいた。

さらにもう一枚。

そこには裸足の足の裏が映っていた。足の奥にかすかに顔が映っている。良多だった。ソファで眠っているその足を写したようだ。もう一枚。書斎で机に向かって仕事をしている良多の背中だった。光量が足りなくて暗い写真になっている。もう一枚。ソファに座って資料を読んでいる良多の背中。

ベッドで眠っている良多の顔。洗面台の前でパジャマ姿で歯を磨いている良多の後ろ姿。リビングから撮ったのだろう。

ベッドで寝ている良多とみどり……。

慶多が撮ったのだ。

良多に気付かれないように慶多が撮っていた。

このカメラには〝慶多の記憶の中のパパ〟が映っている。

切なくて胸が張り裂けてしまいそうだ。

「朝ご飯どうする？」

テントから起き出したみどりが顔だけ出してソファの良多に声をかけた。

良多が泣いているように見えた。

「食べようか……」

みどりは優しい笑みでそう言った。

良多は取り繕うことができなかった。涙が溢れだして両頬を伝い落ちていく。

もう押しとどめようがなかった。

結局、琉晴を起こすと朝食は食べずに、そのまま車に乗って出かけた。朝食を食べる気になれなかった。琉晴も行く先を伝えるとすぐに身支度をして、玄関から走り出た。

もう何も考えていなかった。車をただ前橋に向かって走らせていた。後先のことなどどうでも良かった。ただ慶多に会いたかった。

つたや商店の前に車を停めて、良多は琉晴とみどりを伴って店の出入り口を開けた。

時間はまだ九時を少し過ぎたばかりだ。

そこには雄大がいた。机の前で何かを修理していたようだ。その横に慶多がいた。隣に立って雄大が修理している手元を見ている。

「おお、いらっしゃい」

雄大は良多たちの姿を見ても驚いている様子はなかった。連絡もせずに良多たちは押しかけているのにもかかわらず、まるで当たり前のことのように笑っている。雄大にはこうなることが分かっていたのかもしれない、とみどりはふと思った。

「電球でも切れましたか？　何ワットにしときましょ？」

雄大が冗談を言って笑った。

琉晴が泣きそうな声で言った。

「ただいま」

「お帰り」

雄大がやはり満面の笑みで答えた。

琉晴の声を聞いて店の奥でバタバタと足音がして、ゆかりが飛び出してきた。

「琉、どうしたの？」

ゆかりは裸足のまま、飛び出してきて琉晴を抱きしめた。

「慶多」

良多が声をかけた。遠慮がちに。

するとするとは顔をくしゃくしゃにして走り出した。良多たちから逃げるようにして、店の裏手に。

「慶多！」

良多とみどりは同時に叫んで、良多が慶多を追いかけた。

慶多は裏庭を抜けて、大通りに向かって走っていく。その後を良多が追った。

慶多はアーケードの商店街まで来ると走れなくなった。疲れたのだろう。だが良多は追い詰めなかった。距離を置いたまま慶多の後ろを歩き続けた。

慶多は一度も振り返ろうとしなかった。慶多の怒りがひしひしと良多の身に沁みた。

アーケードを抜けると、そこは桜並木だった。道の真ん中に大きな桜が植わっていて、中央分離帯のようになっている。

分離帯の右側を慶多は歩いていた。左側から良多は声をかけた。

「慶多、ごめんな。パパ、慶多に会いたくなっちゃって、約束破って会いに来ちゃった」

だが慶多は少しうつむいて地面を見ながら硬い顔のまま歩き続ける。

「パパなんか、パパじゃない」

慶多の言葉が胸を締めつける。この数ヶ月の苦しみ、いや、それ以前からの苦しみがその言葉に込められている。

「そうだよな。でもな、六年間は……。六年間はパパだったんだ。できそこないだったけど、パパだったんだよ」

慶多はやはりうつむいたまま良多に目を向けずに歩く。

「バラの花、なくしちゃってごめんな」

良多の言葉に慶多は小さく反応した。それで充分だった。折り紙で慶多が作ったバラの花。それはどこかに打ち捨てられていたのだ。それを見つけたのは慶多だろう。どれだけ傷ついたことだろう。父親のために作ったバラの花がゴミクズのように床に落ちているのを見て。

「ごめんな。ごめん……」

慶多はやはりうつむいたままだ。だが歩く速度が少し鈍った。

「カメラ……。あのカメラで写真もいっぱい撮ってくれてたんだな」

あの写真は慶多から良多へのプレゼントだった。

良多は涙が込み上げそうになるのを必死で堪えながら続けた。

「慶多、それとピアノもさ。一生懸命がんばったのに叱ってごめん。パパだってさ、子供ん時、ピアノ途中でやめたからさ」

まだ慶多は顔を見てくれなかった。謝るべきことはいくらでもある。語り尽くせぬほどに。だがそれをすべて打ち明けても慶多は許してくれないだろう。

良多は大きな声を出した。下品なくらいに。

「慶多、もうミッションなんか終わりだ！」

良多の言葉に慶多はちらりと良多を見た。

桜並木はそこで終わっていた。

良多は慶多の前に回り込んだ。慶多はなおも歩き続けようとした。

良多は慶多の頭に手を置いた。

慶多はうつむいたまま立ち止まった。

これまでに数えきれないほど良多は慶多を抱いた。赤ん坊の時も、歩くようになってからもせがまれれば抱き上げてやった。

良多は慶多の前にひざをついた。

だが、こちらから何かを伝えたいと思って抱いたことはなかった。言葉にできない想いを慶多に伝えたくて抱くのは初めてだった。

良多は慶多の小さくて細い身体を抱いた。力一杯抱いた。

慶多の身体が硬かった。小さい棒のように硬いのだ。

良多は抱いた。抱き続けた。いつまでも抱いているつもりだ。

慶多の身体から力が抜けていくのが分かった。

慶多の小さな手が優しく、そっと良多の背中に回される。

良多は慶多の背中をさすった。想いがもっと伝われ、というように何度も強く息子の背中をさすった。


「来たで！」

琉晴がつたや商店の前で大きな声を出して、駆けていく。その後ろをみどりが追った。

二人が向かう先には良多と慶多がいた。良多は慶多の肩に手を回して店に向かって歩いてくる。

「お帰り」

みどりが目に涙を溜めながら慶多に笑いかけた。

慶多は満面の笑みだ。

店の前には雄大とゆかり、大和に美結が待っていた。

「中に入る？」

雄大が家の中を指さした。

「はい」

良多は一礼して、慶多とみどりを伴って店に向かっていく。


じゃれついてくる大和と美結に逆襲しながら、良多は考え続けていた。

みんなでキャンプに行けたら楽しいだろう。そのためにはまず車を買い換えよう。できれば八人乗りで二家族が全員で乗れて、たっぷり荷物を詰めるものがいい。テントも五人用のものをもう一つ買い足して……。いや、大きなテントだ。小さなテントが二つでは楽しくない。十二人が眠れる大型のものがあった。それで全員でごろ寝すればいい。

キャンプだけじゃない。もっと頻繁に行き来しよう。

だが、東京にも遊びに来てもらうとしたら、あのマンションでは泊まるどころか座ることもできない。

そう考えると気に入っていたはずのマンションが、ずいぶんと色褪せて見えた。

良多はみどりの実家を思った。里子が掃除が大変だ、と言っているあの広い家を。

良多は常識はずれの途方もないことを考えている自分を笑った。

だがその考えは良多の心を捉えて離さなかった。


「ねえ、スパイダーマンてクモだって知ってる?」

慶多が良多に質問した。

「いや、知らなかったな」

良多が驚いてみせた。

それを聞きながら雄大がカカカと笑った。

子供達の笑い声も聞こえる。

もう誰が誰の子で、誰が誰の親なのか見分けがつかなくなっていた——。

この物語はフィクションです。もし同一の名称があった場合も、
実在する人物、団体等とは一切関係ありません。

宝島社
文庫

そして父になる （そしてちちになる）

2013年 9月19日　第1刷発行
2023年 5月3日　第11刷発行

著　者　是枝裕和
　　　　佐野 晶
発行人　蓮見清一
発行所　株式会社 宝島社
〒102-8388　東京都千代田区一番町25番地
電話：営業 03(3234)4621／編集 03(3239)0599
https://tkj.jp
印刷・製本　株式会社広済堂ネクスト

Printed in Japan
ISBN 978-4-8002-1515-4

宝島社文庫　好評既刊

宝島社文庫

日曜劇場 TOKYO MER 走る緊急救命室 II

脚本：黒岩 勉

ノベライズ：百瀬しのぶ

チーフドクターの喜多見を中心に、結束を固める「TOKYO MER」の面々。絆を深めた彼らの活躍の裏で、赤塚都知事と対立する厚生労働省の白金大臣は姑息な罠を仕掛けていた。さらに、喜多見のたった一人の家族である妹に最悪の悲劇が――。仲間との絆が胸を熱くする感動巨編！

定価 770円（税込）

宝島社文庫　好評既刊

宝島社文庫

小説 バスカヴィル家の犬 シャーロック劇場版

著：たかせしゅうほう　脚本：東山《ひがしやま》　狭《せまし》

原案：アーサー・コナン・ドイル「バスカヴィル家の犬」

犯罪捜査コンサルタント・誉獅子雄の助手を務める若宮潤一の元に、ある資産家から娘の誘拐未遂事件の犯人捜索の依頼がくる。しかし、依頼人は直後に莫大な遺産を遺して変死。事件の真相を探るべく、瀬戸内海の離島へ向かった二人だったが、そこでも立て続けに事件が起こり——。

定価 750円（税込）